老舍

人间这出戏

且哭且笑
且从容

老舍 著

中国致公出版社

人这一辈子

人，即使活到八九十岁，有母亲便可以多少还有点孩子气。失了慈母便像花插在瓶子里，虽然还有色有香，却失去了根。有母亲的人，心里是安定的。

要么有趣，要么老去

生活是种律动，须有光有影，有左有右，有晴有雨；滋味就含在这变而不猛的曲折里。

天地在我的每一思念中

我所爱的不是枝枝节节的一些什么，而是整个儿与我的心灵相粘合的一段历史，一大块地方，多少风景名胜，都积凑到一块，每一小的事件中有个我，我的每一思念中有个北平，这只有说不出而已。

在梦中我曾变为莎士比亚

您看我挺爱笑不是？因为我悲观。你见过的人间悲喜和五味杂陈，我也见过。悲观有一样好处，它能叫人把事情都看轻了一些。

良友往事自可爱

一个人的生命，我以为，是一半儿活在朋友中的。

天真的幽默家

我明白了我们的时代——没办法就是办法的时代。一个人无需为他的时代着急，也无需为个人着急，他只需天真地没办法，自然会在波浪上浮着。

人
这一辈子

人，即使活到八九十岁，有母亲便可以多少还有点孩子气。失了慈母便像花插在瓶子里，虽然还有色有香，却失去了根。有母亲的人，心里是安定的。

来到这珍贵的人间

假若我姑母和我大姐的婆母现在还活着，我相信她们还会时常争辩：到底在我降生的那一晚上，我的母亲是因生我而昏迷过去了呢，还是她受了煤气。

幸而这两位老太太都遵循着自然规律，到时候就被亲友们护送到坟地里去；要不然，不论我庆祝自己的花甲之喜，还是古稀大寿，我心中都不会十分平安。是呀，假若大姐婆婆的说法十分正确，我便根本不存在啊！

似乎有声明一下的必要：我生的迟了些，而大姐又出阁早了些，所以我一出世，大姐已有了婆婆，而且是一位有比金刚石还坚硬的成见的婆婆。是，她的成见是那么深，我简直地不敢叫她看见我。只要她一眼看到我，她便立刻把屋门和窗子都打开，往外散放煤气！

还要声明一下：这并不是为来个对比，贬低大姐婆婆，以便高抬我的姑母。那用不着。说真的，姑母对于我的存在与否，并不十分关心；

要不然，到后来，她的烟袋锅子为什么常常敲在我的头上，便有些费解了。是呀，我长着一个脑袋，不是一块破砖头！

尽管如此，姑母可是坚持实事求是的态度，和我大姐的婆婆进行激辩。按照她的说法，我的母亲是因为生我，失血过多，而昏了过去的。据我后来调查，姑母的说法颇为正确，因为自从她中年居孀以后，就搬到我家来住，不可能不掌握些第一手的消息与资料。我的啼哭，吵得她不能安眠。那么，我一定不会是一股煤气！

我也调查清楚：自从姑母搬到我家来，虽然各过各的日子，她可是以大姑子的名义支使我的母亲给她沏茶灌水，擦桌子扫地，名正言顺，心安理得。她的确应该心安理得，我也不便给她造谣：想想看，在那年月，一位大姑子而不欺负兄弟媳妇，还怎么算作大姑子呢？

在我降生前后，母亲当然不可能照常伺候大姑子，这就难怪在我还没落草儿[①]，姑母便对我不大满意了。不过，不管她多么自私，我可也不能不多少地感激她：假若不是她肯和大姐婆婆力战，甚至于混战，我的生日与时辰也许会发生些混乱，其说不一了。我舍不得那个良辰吉日！

那的确是良辰吉日！就是到后来，姑母在敲了我三烟锅子之后，她也不能不稍加考虑，应否继续努力。她不能不想想，我是腊月二十三日酉时，全北京的人，包括着皇上和文武大臣，都在欢送灶王爷上天的时刻降生的呀！

在那年代，北京在没有月色的夜间，实在黑的可怕。大街上没有电灯，小胡同里也没有个亮儿，人们晚间出去若不打着灯笼，就会越走越怕，越怕越慌，迷失在黑暗里，找不着家。有时候，他们会在一个地方

---

① 降生，“落”读作 lào。

转来转去，一直转一夜。按照那时代的科学说法，这叫作“鬼打墙”。

可是，在我降生的那一晚上，全北京的男女，千真万确，没有一个遇上“鬼打墙”的！当然，那一晚上，在这儿或那儿，也有饿死的、冻死的，和被杀死的。但是，这都与鬼毫无关系。鬼，不管多么顽强的鬼，在那一晚上都在家里休息，不敢出来，也就无从给夜行客打一堵墙，欣赏他们来回转圈圈了。

大街上有多少卖糖瓜与关东糖[①]的呀！天一黑，他们便点上灯笼，把摊子或车子照得亮堂堂的。天越黑，他们吆喝的越起劲，洪亮而急切。过了定更[②]，大家就差不多祭完了灶王，糖还卖给谁去呢！就凭这一片卖糖的声音，那么洪亮，那么急切，胆子最大的鬼也不敢轻易出来，更甭说那些胆子不大的了——据说，鬼也有胆量很小很小的。

再听吧，从五六点钟起，已有稀疏的爆竹声。到了酉时左右（就是我降生的伟大时辰），连铺户带人家一齐放起鞭炮，不用说鬼，就连黑、黄、大、小的狗都吓得躲在屋里打哆嗦。花炮的光亮冲破了黑暗的天空，一闪一闪，能够使人看见远处的树梢儿。每家院子里都亮那么一阵：把灶王像请到院中来，燃起高香与柏枝，灶王就急忙吃点关东糖，化为灰烬，飞上天宫。

灶王爷上了天，我却落了地。这不能不叫姑母思索思索：“这小子的来历不小哇！说不定，灶王爷身旁的小童儿因为贪吃糖果，没来得及上天，就留在这里了呢！”这么一想，姑母对我就不能不在讨厌之中，还有那么一点点敬意！

灶王对我姑母的态度如何，我至今还没探听清楚。我可是的确知道，姑母对灶王的态度并不十分严肃。她的屋里并没有灶王龛。她只在我

---

① 糖瓜与关东糖又叫“灶糖”，麦芽制成，祭灶时的供品。

② 即初更，晚上七时至九时。

母亲在我们屋里给灶王与财神上了三炷香之后，才搭讪着过来，可有可无地向神像打个问心[1]。假若我恰巧在那里，她必狠狠地瞪我一眼；她认准了我是灶王的小童儿转世，在那儿监视她呢！

说到这里，就很难不提一提我的大姐婆婆对神佛的态度。她的气派很大。在她的堂屋里，正中是挂着黄围子的佛桌，桌上的雕花大佛龛几乎高及顶棚，里面供着红脸长髯的关公。到春节，关公面前摆着五碗[2]小塔似的蜜供、五碗红月饼，还有一堂干鲜果品。财神、灶王，和张仙[3]（就是“打出天狗去，引进子孙来”的那位神仙）的神龛都安置在两旁，倒好像她的“一家之主”不是灶王，而是关公。赶到这位老太太对丈夫或儿子示威的时候，她的气派是那么大，以至把神佛都骂在里边，毫不留情！“你们这群！”她会指着所有的神像说：“你们这群！吃着我的蜜供、鲜苹果，可不管我的事，什么东西！”

可是，姑母居然敢和这位连神佛都敢骂的老太太分庭抗礼，针锋相对地争辩，实在令人不能不暗伸大指！不管我怎么不喜爱姑母，当她与大姐婆婆作战的时候，我总是站在她这一边的。

经过客观的分析，我从大姐婆婆身上实在找不到一点可爱的地方。是呀，直到如今，我每一想起什么“虚张声势”、“瞎唬事”等等，也就不期然而然地想起大姐的婆婆来。我首先想起她的眼睛。那是一双何等毫无道理的眼睛啊！见到人，不管她是要表示欢迎，还是马上冲杀，她的眼总是瞪着。她大概是想用二目圆睁表达某种感情，在别

① 即拜一拜。心字轻读。

② 碗，供品的单位量词。旧俗，过年时，献给神佛供品的底座，常垫以饭碗，内盛小米，与碗口齐平，并覆盖红绵纸，然后上面再摞月饼、蜜供等食品，谓之一碗。

③ 即送子之神。传说是五代时游青城山而得道的张远霄。宋代苏洵曾梦见他挟着两个弹子，以为是“诞子”之兆，便日夜供奉起来，以后果然生了苏轼和苏辙两个儿子，都成为有名的文学家。

人看来却空空洞洞，莫名其妙。她的两腮多肉，永远阴郁地下垂，像两个装着什么毒气的口袋似的。在咳嗽与说话的时候，她的嗓子与口腔便是一部自制的扩音机。她总以为只要声若洪钟，就必有说服力。她什么也不大懂，特别是不懂怎么过日子。可是，她会瞪眼与放炮，于是她就懂了一切。

虽然我也忘不了姑母的烟袋锅子（特别是那里面还有燃透了的兰花烟的），可是从全面看来，她就比大姐的婆婆多着一些风趣。从模样上说，姑母长得相当秀气，两腮并不像装着毒气的口袋。她的眼睛，在风平浪静的时候，黑白分明，非常的有神。不幸，有时候不知道为什么就来一阵风暴。风暴一来，她的有神的眼睛就变成有鬼，寒光四射，冷气逼人！不过，让咱们还是别老想她的眼睛吧。她爱玩梭儿胡[①]。每逢赢那么三两吊钱的时候，她还会低声地哼几句二黄。据说：她的丈夫，我的姑父，是一位唱戏的！在那个改良的……哎呀，我忘了一件大事！

你看，我只顾了交代我降生的月、日、时，可忘了说是哪一年！那是有名的戊戌年啊！戊戌政变[②]！

说也奇怪，在那么大讲维新与改良的年月，姑母每逢听到“行头”、“拿份儿”[③]等等有关戏曲的名词，便立刻把话岔开。只有逢年过节，喝过两盅玫瑰露酒之后，她才透露一句：“唱戏的也不下贱啊！”尽管如此，大家可是都没听她说过：我姑父的艺名叫什么，他是唱小生还是老旦。

大家也都怀疑，我姑父是不是个旗人。假若他是旗人，他可能是位耗财买脸的京戏票友儿[④]。可是，玩票是出风头的事，姑母为什么不

---

① 一种纸牌，又叫“逗梭儿胡”，后文中的“凑十胡”也是这个意思。

② 即一八九八年光绪皇帝推行的资产阶级维新变法，又叫“百日维新”。

③ 行头，戏曲术语，指演员扮戏时所穿戴的衣服、头饰等。行读作 xíng。拿份儿，即“戏份儿”，戏曲演员的工资。最早的工资按月计算，叫“包银”，后来改按场次计算，即是“戏份儿”。

④ 指不是“科班”出身的、偶尔扮演的业余戏曲演员，与下文“玩票”同义。

敢公开承认呢？他也许真是个职业的伶人吧？可又不大对头：那年月，尽管酝酿着革新与政变，堂堂的旗人而去以唱戏为业，不是有开除旗籍的危险么？那么，姑父是汉人？也不对呀！他要是汉人，怎么在他死后，我姑母每月去领好几份儿钱粮呢？

直到如今，我还弄不清楚这段历史。姑父是唱戏的不是，关系并不大。我总想不通：凭什么姑母，一位寡妇，而且是爱用烟锅子敲我的脑袋的寡妇，应当吃几份儿饷银呢？我的父亲是堂堂正正的旗兵，负着保卫皇城的重任，每月不过才领三两银子，里面还每每掺着两小块假的；为什么姑父，一位唱小生或老旦的，还可能是汉人，会立下那么大的军功，给我姑母留下几份儿钱粮呢？看起来呀，这必定在什么地方有些错误！

不管是皇上的，还是别人的错儿吧，反正姑母的日子过得怪舒服。她收入的多，开销的少——白住我们的房子，又有弟媳妇作义务女仆。她是我们小胡同里的“财主”。

恐怕呀，这就是她敢跟大姐的婆婆顶嘴抬杠的重要原因之一。大姐的婆婆口口声声地说：父亲是子爵，丈夫是佐领，儿子是骁骑校[①]。这都不假；可是，她的箱子底儿上并没有什么沉重的东西。有她的胖脸为证，她爱吃。这并不是说，她有钱才要吃好的。不！没钱，她会以子爵女儿、佐领太太的名义去赊。她不但自己爱赊，而且颇看不起不敢赊，不喜欢赊的亲友。虽然没有明说，她大概可是这么想：不赊东西，白作旗人！

我说她“爱”吃，而没说她“讲究”吃。她只爱吃鸡鸭鱼肉，而不会欣赏什么山珍海味。不过，她可也有讲究的一面：到十冬腊月，

① 子爵，古代五等爵公、侯、伯、子、男的第四等。清代子爵又分一二三等，是比较小的世袭爵位。佐领，八旗兵制，以三百人为一“牛录”（后增至四百人），统领“牛录”的军官，满语叫作“牛录额真”，汉译“佐领”，是地位比较低的武官。骁骑校，“佐领”下面的小军官。

她要买两条丰台暖洞子①生产的碧绿的、尖上还带着一点黄花的王瓜，摆在关公面前；到春夏之交，她要买些用小蒲包装着的，头一批成熟的十三陵大樱桃，陈列在供桌上。这些，可只是为显示她的气派与排场。当她真想吃的时候，她会买些冒充樱桃的“山豆子”，大把大把地往嘴里塞，既便宜又过瘾。不管怎么说吧，她经常拉下亏空，而且是债多了不愁，满不在乎。

对债主子们，她的眼瞪得特别圆，特别大；嗓音也特别洪亮，激昂慷慨地交代：

“听着！我是子爵的女儿，佐领的太太，娘家婆家都有铁杆儿庄稼！俸银俸米到时候就放下来，欠了日子欠不了钱，你着什么急呢！”

这几句豪迈有力的话语，不难令人想起二百多年前清兵入关时候的威风，因而往往足以把债主子打退四十里。不幸，有时候这些话并没有发生预期的效果，她也会瞪着眼笑那么一两下，叫债主子吓一大跳；她的笑，说实话，并不比哭更体面一些。她的刚柔相济，令人啼笑皆非。

她打扮起来的时候总使大家都感到遗憾。可是，气派与身份有关，她还非打扮不可。该穿亮纱，她万不能穿实地纱；该戴翡翠簪子，决不能戴金的。于是，她的几十套单、夹、棉、皮、纱衣服，与冬夏的各色首饰，就都循环地出入当铺，当了这件赎那件，博得当铺的好评。据看见过阎王奶奶的人说：当阎王奶奶打扮起来的时候，就和盛装的大姐婆婆相差无几。

因此，直到今天，我还摸不清她的丈夫怎么会还那么快活。在我幼年的时候，我觉得他是个很可爱的人。是，他不但快活，而且可爱！除了他也爱花钱，几乎没有任何缺点。我首先记住了他的咳嗽，一种清亮而有腔

---

① 即温室。

有调的咳嗽，叫人一听便能猜到他至小是四品官儿。他的衣服非常整洁，而且带着樟脑的香味，有人说这是因为刚由当铺拿出来，不知正确与否。

无论冬夏，他总提着四个鸟笼子，里面是两只红颏，两只蓝靛颏儿。他不养别的鸟，红、蓝颏儿雅俗共赏，恰合佐领的身份。只有一次，他用半年的俸禄换了一只雪白的麻雀。不幸，在白麻雀的声誉刚刚传遍九城[1]的大茶馆之际，也不知怎么就病故了，所以他后来即使看见一只雪白的老鸦也不再动心。

在冬天，他特别受我的欢迎：在他的怀里，至少藏着三个蝈蝈葫芦，每个都有摆在古玩铺里去的资格。我并不大注意葫芦。使我兴奋的是它们里面装着的嫩绿蝈蝈，时时清脆地鸣叫，仿佛夏天忽然从哪里回到北京。

在我的天真的眼中，他不是来探亲家，而是和我来玩耍。他一讲起养鸟、养蝈蝈与蛐蛐的经验，便忘了时间，以至我母亲不管怎样为难，也得给他预备饭食。他也非常天真。母亲一暗示留他吃饭，他便咳嗽一阵，有腔有调，有板有眼，而后又哈哈地笑几声才说：

“亲家太太，我还真有点饿了呢！千万别麻烦，到天泰轩叫一个干炸小丸子、一卖木樨肉、一中碗酸辣汤，多加胡椒面和香菜，就行啦！就这么办吧！”

这么一办，我母亲的眼圈儿就分外湿润那么一两天！不应酬吧，怕女儿受气；应酬吧，钱在哪儿呢？那年月走亲戚，用今天的话来说，可真不简单！

亲家爹虽是武职，四品顶戴的佐领，却不大爱谈怎么带兵与打仗。我曾问过他是否会骑马射箭，他的回答是咳嗽了一阵，而后马上又说

① 九城，即九门，指明代永乐十八年重修的北京内城九门：正阳、崇文、宣武、安定、德胜、东直、朝阳、西直、阜城。后来人们常以“九门”和“四九城”来代指北京城内外。传遍九城，即传遍了整个儿北京城。后文“誉满九城”也是这个意思。

起养鸟的技术来。这可也的确值得说，甚至值得写一本书！看，不要说红、蓝颏儿们怎么养，怎么遛，怎么“押”，在换羽毛的季节怎么加意饲养，就是那四个鸟笼子的制造方法，也够讲半天的。不要说鸟笼子，就连笼里的小磁食罐，小磁水池，以及清除鸟粪的小竹铲，都是那么考究，谁也不敢说它们不是艺术作品！是的，他似乎已经忘了自己是个武官，而把毕生的精力都花费在如何使小罐小铲、咳嗽与发笑都含有高度的艺术性，从而随时沉醉在小刺激与小趣味里。

他还会唱呢！有的王爷会唱须生，有的贝勒①会唱《金钱豹》②，有的满族官员由票友而变为京剧名演员……戏曲和曲艺成为满人生活中不可缺少的东西，他们不但爱去听，而且喜欢自己粉墨登场。他们也创作，大量地创作，岔曲、快书、鼓词等等。我的亲家爹也当然不甘落后。遗憾的是他没有足够的财力去组成自己的票社，以便亲友家庆祝孩子满月，或老太太的生日，去车马自备、清茶恭候地唱那么一天或一夜，耗财买脸，傲里夺尊，誉满九城。他只能加入别人组织的票社，随时去消遣消遣。他会唱几段联珠快书。他的演技并不很高，可是人缘很好，每逢献技都博得亲友们热烈喝彩。美中不足，他走票的时候，若遇上他的夫人也盛装在场，他就不由地想起阎王奶奶来，而忘了词儿。这样丢了脸之后，他回到家来可也不闹气，因为夫妻们大吵大闹会喊哑了他的嗓子。倒是大姐的婆婆先发制人，把日子不好过，债务越来越多，统统归罪于他爱玩票，不务正业，闹得没结没完。他一声也不出，只等到她喘气的时候，他才用口学着三弦的声音，给她弹个过门儿：“登根儿哩登登”。艺术的熏陶使他在痛苦中还能够找出自慰的办法，所以他快活——不过据他的夫人说，这是没皮没脸，没羞没臊！

① 贝勒，满语王或侯的意思，是清代的世袭爵位，地位仅次于亲王和郡王。

② 传统戏剧，演孙悟空降伏金钱豹的故事。

他们夫妇谁对谁不对，我自幼到而今一直还没有弄清楚。那么，书归正传，还说我的生日吧。

在我降生的时候，父亲正在皇城的什么角落值班。男不拜月，女不祭灶[1]，自古为然。姑母是寡妇，母亲与二姐也是妇女；我虽是男的，可还不堪重任。全家竟自没有人主持祭灶大典！姑母发了好几阵脾气。她在三天前就在英兰斋满汉饽饽铺买了几块真正的关东糖。所谓真正的关东糖者就是块儿小而比石头还硬，放在口中若不把门牙崩碎，就把它粘掉的那一种，不是摊子上卖的那种又泡又松，见热气就容易化了的低级货。她还买了一斤什锦南糖。这些，她都用小缸盆扣起来，放在阴凉的地方，不叫灶王爷与一切的人知道。她准备在大家祭完灶王，偷偷地拿出一部分，安安顿顿地躺在被窝里独自享受，即使粘掉一半个门牙，也没人晓得。可是，这个计划必须在祭灶之后执行，以免叫灶王看见，招致神谴。哼！全家居然没有一个男人！她的怒气不打一处来。我二姐是个忠厚老实的姑娘，空有一片好心，而没有克服困难的办法。姑母越发脾气，二姐心里越慌，只含着眼泪，不住地叫："姑姑！姑姑！"

幸而大姐及时地来到。大姐是个极漂亮的小媳妇：眉清目秀，小长脸，尖尖的下颏像个白莲花瓣似的。不管是穿上大红缎子的氅衣，还是蓝布旗袍，不管是梳着两把头，还是挽着旗髻，她总是那么俏皮利落，令人心旷神怡。她的不宽的腰板总挺得很直，亭亭玉立；在请蹲安的时候，直起直落，稳重而飘洒。只有在发笑的时候，她的腰才弯下一点去，仿佛喘不过气来，笑得那么天真可怜。亲戚、朋友，没有不喜爱她的，包括着我的姑母。只有大姐的婆婆认为她既不俊美，

---

① 迷信的人认为灶王是一家之主，祭灶之礼，必须由男子祭拜，妇女不得参与；月为太阴星君，中秋拜月，也只能由妇女行之，男子不得参与，故俗谚谓之"男不拜（圆）月，女不祭灶"。

也不伶俐，并且时常讥诮：你爸爸不过是三两银子的马甲[1]！

大姐婆婆的气派是那么大，讲究是那么多，对女仆的要求自然不能不极其严格。她总以为女仆都理当以身殉职，进门就累死。自从娶了儿媳妇，她干脆不再用女仆，而把一个小媳妇当作十个女仆使用。大姐的两把头往往好几天不敢拆散，就那么带着那小牌楼似的家伙睡觉。梳头需要相当长的时间，万一婆婆已经起床，大声地咳嗽着，而大姐还没梳好了头，过去请安，便是一行大罪！大姐须在天还没亮就起来，上街给婆婆去买热油条和马蹄儿烧饼。大姐年轻，贪睡。可是，出阁之后，她练会把自己惊醒。醒了，她便轻轻地开开屋门，看看天上的三星。假若还太早，她便回到炕上，穿好衣服，坐着打盹，不敢再躺下，以免睡熟了误事。全家的饭食、活计、茶水、清洁卫生，全由大姐独自包办。她越努力，婆婆越给她添活儿，加紧训练。婆婆的手，除了往口中送饮食，不轻易动一动。手越不动，眼与嘴就越活跃，她一看见儿媳妇的影子就下好几道紧急命令。

事情真多！大姐每天都须很好地设计，忙中要有计划，以免发生混乱。出嫁了几个月之后，她的眉心出现了两条细而深的皱纹。这些委屈，她可不敢对丈夫说，怕挑起是非。回到娘家，她也不肯对母亲说，怕母亲伤心。当母亲追问的时候，她也还是笑着说：没事！真没事！奶奶放心吧！（我们管母亲叫作奶奶。）

大姐更不敢向姑母诉苦，知道姑母是爆竹脾气，一点就发火。可是，她并不拒绝姑母的小小的援助。大姐的婆婆既要求媳妇打扮得像朵鲜花似的，可又不肯给媳妇一点买胭脂、粉、梳头油等等的零钱，所以姑母一问她要钱不要，大姐就没法不低下头去，表示口袋里连一个小钱也没

---

① 马甲，蒙马之甲，代指骑兵。

有。姑母是不轻易发善心的，她之所以情愿帮助大姐者是因为我们满人都尊敬姑奶奶。她自己是老姑奶奶，当然要同情小姑奶奶，以壮自己的声势。况且，大姐的要求又不很大，有几吊钱就解决问题，姑母何必不大仁大义那么一两回呢。这个，大姐婆婆似乎也看了出来，可是不便说什么；娘家人理当贴补出了嫁的女儿，女儿本是赔钱货嘛。在另一方面，姑母之所以敢和大姐婆婆分庭抗礼者，也在这里找到一些说明。

大姐这次回来，并不是因为她梦见了一条神龙或一只猛虎落在母亲怀里，希望添个将来会“出将入相”[①]的小弟弟。快到年节，她还没有新的绫绢花儿、胭脂宫粉，和一些杂拌儿[②]。这末一项，是为给她的丈夫的。大姐夫虽已成了家，并且是不会骑马的骁骑校，可是在不少方面还像个小孩子，跟他的爸爸差不多。是的，他们老爷儿俩到时候就领银子，终年都有老米吃，干吗注意天有多么高，地有多么厚呢？生活的意义，在他们父子看来，就是每天要玩耍，玩得细致，考究，入迷。大姐丈不养靛颏儿，而英雄气概地玩鹞子和胡伯喇[③]，威风凛凛地去捕几只麻雀。这一程子，他玩腻了鹞子与胡伯喇，改为养鸽子。他的每只鸽子都值那么一二两银子；“满天飞元宝”是他爱说的一句豪迈的话。他收藏的几件鸽铃都是名家制作，由古玩摊子上搜集来的。

大姐夫需要杂拌儿。每年如是：他用各色的洋纸糊成小高脚碟，以备把杂拌儿中的糖豆子、大扁杏仁等等轻巧地放在碟上，好像是为给他自己上供。一边摆弄，一边吃；往往小纸碟还没都糊好，杂拌儿已经不见了；尽管是这样，他也得到一种快感。杂拌儿吃完，他就设

① “出将”和“入相”是传统戏剧舞台上的“上场门”和“下场门”，这里借用“将”“相”，有盼成大器的意思。

② 各种果子做的果脯。

③ 胡伯喇，一种小而凶猛的鸟，喙长、利爪，饲养者多以其擒食麻雀为戏。北京土话，称无所事事者为“玩鹞鹰子”，作者以这个细节讥刺游手好闲。

计糊灯笼，好在灯节悬挂起来。糊完春灯，他便动手糊风筝。这些小事情，他都极用心地去作；一两天或好几天，他逢人必说他手下的工作，不管人家爱听不爱听。在不断的商讨中，往往得到启发，他就从新设计，以期出奇制胜，有所创造。若是别人不愿意听，他便都说给我大姐，闹得大姐脑子里尽是春灯与风筝，以至耽误了正事，招得婆婆鸣炮一百零八响！

他们玩耍，花钱，可就苦了我的大姐。在家庭经济不景气的时候，他们不能不吵嘴，以资消遣。十之八九，吵到下不来台的时候，就归罪于我的大姐，一致进行讨伐。大姐夫虽然对大姐还不错，可是在混战之中也不敢不骂她。好嘛，什么都可以忍受，可就是不能叫老人们骂他怕老婆。因此，一来二去，大姐增添了一种本事：她能够在炮火连天之际，似乎听到一些声响，又似乎什么也没听见。似乎是她给自己的耳朵安上了避雷针。可怜的大姐！

大姐来到，立刻了解了一切。她马上派二姐去请“姥姥”，也就是收生婆。并且告诉二姐，顺脚儿去通知婆家：她可能回去的晚一些。大姐婆家离我家不远，只有一里多地。二姐飞奔而去。

姑母有了笑容，递给大姐几张老裕成钱铺特为年节给赏与压岁钱用的、上边印着刘海戏金蟾的、崭新的红票子，每张实兑大钱两吊。同时，她把弟妇生娃娃的一切全交给大姐办理，倘若发生任何事故，她概不负责。

二姐跑到大姐婆家的时候，大姐的公公正和儿子在院里放花炮。今年，他们负债超过了往年的最高纪录。腊月二十三过小年，他们理应想一想怎么还债，怎么节省开支，省得在年根底下叫债主子们把门环子敲碎。没有，他们没有那么想。大姐婆婆不知由哪里找到一点钱，买了头号的大糖瓜，带芝麻的和不带芝麻的，摆在灶王面前，并且瞪着眼下命令：“吃了我的糖，到天上多说几句好话，别不三不四地顺口开河，瞎扯！”两位男人呢，也不知由哪里弄来一点钱，都买了鞭炮。老爷儿俩都脱了长袍。老头儿换上一件旧狐皮马褂，不系钮扣，而用一条旧布褡包松拢着，十分潇洒。大姐夫呢，年轻火力壮，只穿着小棉袄，直打喷嚏，而连说不冷。鞭声先起，清脆紧张，一会儿便火花急溅，响成一片。儿子放单响的麻雷子，父亲放双响的二踢脚，间隔停匀，有板有眼：噼啪噼啪，咚；噼啪噼啪，咚——当！这样放完一阵，父子相视微笑，都觉得放炮的技巧九城第一，理应得到四邻的热情夸赞。

不管二姐说什么，中间都夹着麻雷子与二踢脚的巨响。于是，大姐的婆婆仿佛听见了：亲家母受了煤气。“是嘛！”她以压倒鞭炮的声音告诉二姐：“你们穷人总是不懂得怎么留神，大概其喜欢中煤毒！”她把“大概”总说成“大概其”，有个“其”字，显着多些文采。说完，她就去换衣裳，要亲自出马，去抢救亲家母的性命，大仁大义。佐领与骁骑校根本没注意二姐说了什么，专心一志地继续放爆竹。即使听明白了二姐的报告，他们也不能一心二用，去考虑爆竹以外的问题。

我生下来，母亲昏了过去。大姐的婆母躲在我姑母屋里，二目圆睁，两腮的毒气肉袋一动一动地述说解救中煤毒的最有效的偏方。姑母老练地点起兰花烟，把老玉烟袋嘴儿斜放在嘴角，眉毛挑起多高，准备挑战。

“偏方治大病！”大姐的婆婆引经据典地说。

“生娃娃用不着偏方！”姑母开始进攻。

“那也看谁生娃娃！”大姐婆婆心中暗喜已到人马列开的时机。

“谁生娃娃也不用解煤气的偏方！”姑母从嘴角撤出乌木长烟袋，用烟锅子指着客人的鼻子。

“老姑奶奶！”大姐婆婆故意称呼对方一句，先礼后兵，以便进行歼灭战。“中了煤气就没法儿生娃娃！”

在这激烈舌战之际，大姐把我揣在怀里，一边为母亲的昏迷不醒而落泪，一边又为小弟弟的诞生而高兴。二姐独自立在外间屋，低声地哭起来。天很冷，若不是大姐把我揣起来，不管我的生命力有多么强，恐怕也有不小的危险。

选自老舍自传体长篇小说《正红旗下》

我的母亲

母亲的娘家是北平德胜门外，土城儿外边，通大钟寺的大路上的一个小村里。村里一共有四五家人家，都姓马。大家都种点不十分肥美的地，但是与我同辈的兄弟们，也有当兵的，作木匠的，作泥水匠的，和当巡察的。他们虽然是农家，却养不起牛马，人手不够的时候，妇女便也须下地作活。

对于姥姥家，我只知道上述的一点。外公外婆是什么样子，我就不知道了，因为他们早已去世。至于更远的族系与家史，就更不晓得了；穷人只能顾眼前的衣食，没有工夫谈论什么过去的光荣；“家谱”这字眼，我在幼年就根本没有听说过。

母亲生在农家，所以勤俭诚实，身体也好。这一点事实却极重要，因为假若我没有这样的一位母亲，我以为我恐怕也就要大大的打个折扣了。

母亲出嫁大概是很早，因为我的大姐现在已是六十多岁的老太婆，而我的大外甥女还长我一岁啊。我有三个哥哥，四个姐姐，但能长大成人的，只有大姐，二姐，三姐，三哥与我。我是“老”儿子。生我的时候，母亲已有四十一岁，大姐二姐已都出了阁。

由大姐与二姐所嫁入的家庭来推断，在我生下之前，我的家里，大概还马马虎虎的过得去。那时候定婚讲究门当户对，而大姐丈是作小官的，二姐丈也开过一间酒馆，他们都是相当体面的人。

可是，我，我给家庭带来了不幸：我生下来，母亲晕过去半夜，才睁眼看见她的老儿子——感谢大姐，把我揣在怀中，致未冻死。

一岁半，我把父亲“克”死了。

兄不到十岁，三姐十二三岁，我才一岁半，全仗母亲独力抚养了。父亲的寡姐跟我们一块儿住，她吸鸦片，她喜摸纸牌，她的脾气极坏。为我们的衣食，母亲要给人家洗衣服，缝补或裁缝衣裳。在我的记忆中，她的手终年是鲜红微肿的。白天，她洗衣服，洗一两大绿瓦盆。她作事永远丝毫也不敷衍，就是屠户们送来的黑如铁的布袜，她也给洗得雪白。晚间，她与三姐抱着一盏油灯，还要缝补衣服，一直到半夜。她终年没有休息，可是在忙碌中她还把院子屋中收拾得清清爽爽。桌椅都是旧的，柜门的铜活久已残缺不全，可是她的手老使破桌面上没有尘土，残破的铜活儿发着光。院中，父亲遗留下的几盆石榴与夹竹桃，永远会得到应有的浇灌与爱护，年年夏天开许多花。

哥哥似乎没有同我玩耍过。有时候，他去读书；有时候，他去学徒；有时候，他也去卖花生或樱桃之类的小东西。母亲含着泪把他送走，不到两天，又含着泪接他回来。我不明白这都是什么事，而只觉得与他很生疏。与母亲相依为命的是我与三姐。因此，她们作事，我老在后面跟着。她们浇花，我也张罗着取水；她们扫地，我就撮土……从这里，我学得了爱花，爱清洁，守秩序。这些习惯至今还被我保存着。

有客人来，无论手中怎么窘，母亲也要设法弄一点东西去款待。舅父与表哥们往往是自己掏钱买酒肉食，这使她脸上羞得飞红，可是殷勤的给他们温酒作面，又给她一些喜悦。遇上亲友家中有喜丧事，母亲必把大褂洗得干干净净，亲自去贺吊——份礼也许只是两吊小钱。到如今如我的好客的习性，还未全改，尽管生活是这么清苦，因为自幼儿看惯了的事情是不易改掉的。

姑母常闹脾气。她单在鸡蛋里找骨头。她是我家中的阎王。直到我入了中学，她才死去，我可是没有看见母亲反抗过。“没受过婆婆的气，还不受大姑子的吗？命当如此！”母亲在非解释一下不足以平服别人的时候，才这样说。是的，命当如此。母亲活到老，穷到老，辛苦到老，全是命当如此。她最会吃亏。给亲友邻居帮忙，她总跑在前面：她会给婴儿洗三——穷朋友们可以因此少花一笔“请姥姥”钱——她会刮痧，她会给孩子们剃头，她会给少妇们绞脸……凡是她能作的，都有求必应。但是吵嘴打架，永远没有她。她宁吃亏，不逗气。当姑母死去的时候，母亲似乎把一世的委屈都哭了出来，一直哭到坟地。不知道哪里来的一位侄子，声称有承继权，母亲便一声不响，教他搬走那些破桌子烂板凳，而且把姑母养的一只肥母鸡也送给他。

可是，母亲并不软弱。父亲死在庚子闹“拳”的那一年。联军入城，挨家搜索财物鸡鸭，我们被搜两次。母亲拉着哥哥与三姐坐在墙根，等着“鬼子”进门，街门是开着的。“鬼子”进门，一刺刀先把老黄狗刺死，而后入室搜索。他们走后，母亲把破衣箱搬起，才发现了我。假若箱子不空，我早就被压死了。皇上跑了，丈夫死了，鬼子来了，满城是血光火焰，可是母亲不怕，她要在刺刀下，饥荒中，保护着儿女。北平有多少变乱啊，有时候兵变了，街市整条的烧起，火团落在我们院中。有时候内战了，城门紧闭，铺店关门，昼夜响着枪炮。这惊恐，这紧张，再加上一家饮食的筹划，儿女安全的顾虑，岂是一个软弱的老寡妇所能受得起的？可是，在这种时候，母亲的心横起来，她不慌不哭，要从无办法中想出办法来。她的泪会往心中落！这点软而硬的个性，也传给了我。我对一切人与事，都取和平的态度，把吃亏看作当然的。但是，在作人上，我有一定的宗旨与基本的法则，什么事都可将就，而不能超过自己划好的界限。我怕见生人，怕办杂事，怕出头露面；但是到了非我去不可的时候，我便不得不去，正像我的母亲。从私塾到小学，到中学，我经历过起码有二十位教师吧，其中有给我很大影响的，也有毫无影响的，但是我的真正的教师，把性格传给我的，是我的母亲。母亲并不识字，她给我的是生命的教育。

当我在小学毕了业的时候，亲友一致的愿意我去学手艺，好帮助母亲。我晓得我应当去找饭吃，以减轻母亲的勤劳困苦。可是，我也愿意升学。我偷偷的考入了师范学校——制服，饭食，书籍，宿处，都由学校供给。只有这样，我才敢对母亲提升学的话。入学，要交十元的保证金。这是一笔巨款！母亲作了半个月的难，把这巨款筹到，而后含泪把我送出门去。她不辞劳苦，只要儿子有出息。当我由师范毕业，而被派为小学校校长，母亲与我都一夜不曾合眼。我只说了句："以后，您可以歇一歇了！"她的回答只有一串串的眼泪。我入学之后，三姐结了婚。母亲对儿女是都一样疼爱的，但是假若她也有点偏爱的话，她应当偏爱三姐，因为自父亲死后，家中一切的事情都是母亲和三姐共同撑持的。三姐是母亲的右手。但是母亲知道这右手必须割去，她不能为自己的便利而耽误了女儿的青春。当花轿来到我们的破门外的时候，母亲的手就和冰一样的凉，脸上没有血色——那是阴历四月，天气很暖。大家都怕她晕过去。可是，她挣扎着，咬着嘴唇，手扶着门框，看花轿徐徐的走去。不久，姑母死了。三姐已出嫁，哥哥不在家，我又住学校，家中只剩母亲自己。她还须自晓至晚的操作，可是终日没人和她说一句话。新年到了，正赶上政府倡用阳历，不许过旧年。除夕，我请了两小时的假。由拥挤不堪的街市回到清炉冷灶的家中。母亲笑了。及至听说我还须回校，她愣住了。半天，她才叹出一口气来。到我该走的时候，她递给我一些花生，“去吧，小子！”街上是那么热闹，我却什么也没看见，泪遮迷了我的眼。今天，泪又遮住了我的眼，又想起当日孤独的过那凄惨的除夕的慈母。可是慈母不会再候盼着我了，她已入了土！

儿女的生命是不依顺着父母所设下的轨道一直前进的，所以老人总免不了伤心。我二十三岁，母亲要我结了婚，我不要。我请来三姐给我说情，老母含泪点了头。我爱母亲，但是我给了她最大的打击。时代使我成为逆子。二十七岁，我上了英国。为了自己，我给六十多岁的老母以第二次打击。在她七十大寿的那一天，我还远在异域。那天，据姐姐们后来告诉我，老太太只喝了两口酒，很早的便睡下。她想念她的幼子，而不便说出来。

七七抗战后，我由济南逃出来。北平又像庚子那年似的被鬼子占据了，可是母亲日夜惦念的幼子却跑西南来。母亲怎样想念我，我可以想象得到，可是我不能回去。每逢接到家信，我总不敢马上拆看，我怕，怕，怕，怕有那不祥的消息。人，即使活到八九十岁，有母亲便可以多少还有点孩子气。失了慈母便像花插在瓶子里，虽然还有色有香，却失去了根。有母亲的人，心里是安定的。我怕，怕，怕家信中带来不好的消息，告诉我已是失了根的花草。

去年一年，我在家信中找不到关于老母的起居情况。我疑虑，害怕。我想象得到，如有不幸，家中念我流亡孤苦，或不忍相告。母亲的生日是在九月，我在八月半写去祝寿的信，算计着会在寿日之前到达。

信中嘱咐千万把寿日的详情写来，使我不再疑虑。十二月二十六日，由文化劳军的大会上回来，我接到家信。我不敢拆读。就寝前，我拆开信，母亲已去世一年了！

生命是母亲给我的。我之能长大成人，是母亲的血汗灌养的。我之能成为一个不十分坏的人，是母亲感化的。我的性格，习惯，是母亲传给的。她一世未曾享过一天福，临死还吃的是粗粮。唉！还说什么呢？心痛！心痛！

原载 1943 年 1 月 13 日、15 日《时事新报·青光》

我的理想家庭

一个二十多岁的小伙子，讲恋家，讲革命，讲志愿，似乎天地之间，唯我独尊，简直想不到组织家庭——结婚既是爱的坟墓，家庭根本上是英雄好汉的累赘。及至过了三十，革命成功与否，事情好歹不论，反正领略够了人情世故，壮气就差点事儿了。虽然明知家庭之累，等于投胎为马为牛，可是人生总不过如此，多少也都得经验一番，既不坚持独身，结婚倒也还容易。于是发帖子请客，笑着开驶倒车，苦乐容或相抵，反正至少凑个热闹。到了四十，儿女已有二三，贫也好富也好，自己认头苦曳，对于年轻的朋友已经有好些个事儿说不到一处，而劝告他们老老实实的结婚，好早生儿养女，即是话不投缘的一例。到了这个年纪，设若还有理想，必是理想的家庭。倒退二十年，连这么一想也觉泄气。人生的矛盾可笑即在于此，年轻力壮，力求事事出轨，决不甘为火车；及至中年，心理的，生理的，种种理的什么什么，都使他不但非作火车不可，且作货车焉。把当初与现在一比较，判若两人，足够自己笑半天的！或有例外，实不多见。

明年我就四十了，已具说理想家庭的资格：大不必吹，盖亦自嘲。

我的理想家庭要有七间小平房：一间是客厅，古玩字画全非必要，只要几张很舒服宽松的椅子，一二小桌。一间书房，书籍不少，不管什么头版与古本，而都是我所爱读的。一张书桌，桌面是中国漆的，放上热茶杯不至烫成个圆白印儿。文具不讲究，可是都很好用。桌上老有一两枝鲜花，插在小瓶里。两间卧室，我独据一间，没有臭虫，而有一张极大极软的床。在这个床上，横睡直睡都可以，不论怎睡都一躺下就舒服合适，好像陷在棉花堆里，一点也不硬碰骨头。还有一间，是预备给客人住的。此外是一间厨房，一个厕所，没有下房，因为根本不预备用仆人。家中不要电话，不要播音机，不要留声机，不要麻将牌，不要风扇，不要保险柜。缺乏的东西本来很多，不过这几项是故意不要的，有人白送给我也不要。

院子必须很大。靠墙有几株小果木树。除了一块长方的土地，平坦无草，足够打开太极拳的，其他的地方就都种着花草——没有一种珍贵费事的，只求昌茂多花。屋中至少有一只花猫，院中至少也有一两盆金鱼；小树上悬着小笼，二三绿蝈蝈随意地鸣着。

这就该说到人了。屋子不多，又不要仆人，人口自然不能很多：一妻和一儿一女就正合适。先生管擦地板与玻璃，打扫院子，收拾花木，给鱼换水，给蝈蝈一两块绿黄瓜或几个毛豆；并管上街送信买书等事宜。太太管做饭，女儿任助手——顶好是十二三岁，不准小也不准大，老是十二三岁。儿子顶好是三岁，既会讲话，又胖胖的会淘气。母女于做饭之外，就做点针线，看小弟弟。大件衣服拿到外边去洗，小件的随时自己涮一涮。

既然有这么多工作，自然就没有多少工夫去听戏看电影。不过在过生日的时候，全家就出去玩半天；接一位亲或友的老太太给看家。过生日什么的永远不请客受礼，亲友家送来的红白帖子，就一概扔在字纸篓里，除非那真需要帮助的，才送一些干礼去。到过节过年的时候，吃食从丰，而且可以买一通纸牌，大家打打“索儿胡”，赌铁蚕豆或花生米。

男的没有固定的职业；只是每天写点诗或小说，每千字卖上四五十元钱。女的也没事做，除了家务就读些书。儿女永不上学，由父母教给画图，唱歌，跳舞——乱蹦也算一种舞法——和文字，手工之类。等到他们长大，或者也会仗着绘画或写文章卖一点钱吃饭；不过这是后话，顶好暂且不提。

这一家子人，因为吃得简单干净，而一天到晚又不闲着，所以身体都很不坏。因为身体好，所以没有肝火，大家都不爱闹脾气。除了为小猫上房，金鱼甩子等事着急之外，谁也不急叱白脸的。

大家的相貌也都很体面，不令人望而生厌。衣服可并不讲究，都做得很结实朴素：永远不穿又臭又硬的皮鞋。男的很体面，可不露电影明星气；女的很健美，可不红唇卷毛的鼻子朝着天。孩子们都不卷着舌头说话，淘气而不讨厌。

这个家庭顶好是在北平，其次是成都或青岛，至坏也得在苏州。无论怎样吧，反正必须在中国，因为中国是顶文明顶平安的国家；理想的家庭必在理想的国内也。

原载 1936 年 11 月 16 日《论语》第一百期

搬家

一提议说搬家，我就知道麻烦又来了。住着平安，不吵不闹，谁也不愿搬动。又不是光棍一条，搬起来也省事。既然称得起“家”，这至少起码是夫妇两个，往往彼此意见不合，先得开几次联席会议，结果大家的主张不得不折衷。谁去找房，这个说，等我找到得几时，我又得教书，编讲义，写文章，而且专等星期[1]去找；况且我男人家又粗心又马虎，还是你去吧。那个说，一个女人家东家进，西家出，“眼观六路耳听八方”都得看仔细，打听明白，就是看妥了，和房东办交涉也是不善，全权通交在一人身上，这个责任，确是不轻。

没有法子，只得第二天就去实行，一路上什么也引不起注意，就看布告牌上的招租帖，墙角上，热闹口上通都留神，这还不算。有的好房就不贴条子，也不请银行信托部来管，这可不好办。一来二去的

① 星期，原有“周末”之意，此处为旧时用法。

自己有了点发现，凡是窗户上没有窗帘子，你就可拍门去问。虽然看不中意，但是比较起所看的房确是强的多。

住惯北平的房子，老希望能找到一个大院子。所以离开北平之后，无论到天津，济南，汉口，上海，以至青岛，能找到房子带个大院子，真是少有。特别是在青岛，你能找到独门独院，只花很少的租价，就简直可说没有。除非你真有腰包，可以大大的租上座全楼。

我就不喜欢一个楼，分楼上一家，楼下一家，或是楼分四家住。这样住在楼上的人多少总是占便宜的。楼下的可就倒霉。遇见清净孩子少的还好，遇见好热闹，有嗜好的，孩子多的，那才叫活糟。而且还注意同楼是不是好养狗。这是经验告诉我，一条狗得看新养的，还是旧有的。青岛的狗种，可属全世界的了，三更半夜，嚎出的声真能吓得你半夜不能安睡。有了狗群，更不得安生，决斗声，求爱声，乳狗声，比什么声音都复杂热闹。这个可不敢领教了！

其次看同楼邻居如何；人口，年龄，籍贯，职业，都得在看房之际顺口答音的，探听清楚。比如说吧，这家是南方人，老太太是湖北的，少奶奶是四川的，少爷是在港务局作事，孩子大小三个；这所楼我虽看的还合适，房间大，阳光充足，四壁厕所厨房都干净，可是一看这家邻居，心就凉爽了。第一老太太是南方的我先怕。这并不是说对于南方的老太太有什么仇恨，而是对于她们生活习惯都合不来。也不管什么日子，黑天白日，黄钱白钱——纸钱——足烧一气，口中念念有词，我确是看不下去。再有是在门前买东西，为了一分钱，一棵菜，绝不善罢甘休买成功，必得为少一两分量吵嚷半天，小贩们脸红脖子粗的走开。少奶奶管孩子，少爷吊嗓子，你能管得着么？碰巧还架上廉价无线电，吵得你“姑子不得睡，和尚不得安”。所以趁早不用找麻烦。

论到职业上，确是重大问题。如果同楼邻居是同行，当然不必每天见面，“今天天气，哈哈哈”，或者不至于遭人白眼，扭头不屑于理“你个穷酸教书匠”，大有“道不同不相为谋”的气概。有时还特别显示点大爷就是这股子劲，看着不顺眼，搬哪！于是乎下班之后约些朋友打打小牌。越是更深人静，红中白板叫得越响，碰巧就继续到天亮，叫车送客忙了一大阵，这且不提。

你遇见这样对头最好忍受。你若一干涉，好，事情更来得重，没事先拉拉胡琴，约个人唱两出。久而久之，来个“坐打二簧”，锣鼓一齐响，你不搬家还等着什么？想用功到时候了，人家却是该玩的时候；你说明天第一堂有课，人家十时多才上班。你想着票友散了，先睡一觉，人家楼上孩子全起来了，玩橄榄球，拉凳子，打铁壶又跟上了。心中老害怕薄薄一层楼板，早晚是全军覆没，盖上木头被褥，那才高兴呢！

一封客客气气的劝告信，满希望等楼上的先生下了班，送了过去，发生点效力。一会儿楼上老妈子推门进来说，我们太太不认识字，老爷不在家，太太说不收这封信。好吧，接过来，整个丢进字纸篓里。自愧没作公安局长。

一个月后，房子才算妥当了，半年为期，没有什么难堪条件。回来对她一说，她先摇头，难道楼下你还没住够？我说，这次可担保，一定没有以前所受的流弊。房子够住，地点适宜，离学校，菜市，大街都近，而且喜欢遇到整齐的院子，又带着一个大空后院，练球，跳远，打拳都行。再说楼上只住老夫妇俩，还是教育界。她点了点头。

两辆大敞车，把所有的动产，在一早晨都搬了过去，才又发现门口正对着某某宿舍三个敞口大垃圾箱。掩鼻而过可也！

原载 1936 年 12 月 10 日《谈风》第四期

有了小孩以后

艺术家应以艺术为妻，实际上就是当一辈子光棍儿。在下闲暇无事，往往写些小说，虽一回还没自居过文艺家，却也感觉到家庭的累赘。每逢困于油盐酱醋的灾难中，就想到独人一身，自己吃饱便天下太平，岂不妙哉。

家庭之累，大半由儿女造成。先不用提教养的花费，只就淘气哭闹而言，已足使人心慌意乱。小女三岁，专会等我不在屋中，在我的稿子上画圈拉杠，且美其名曰“小济会写字”！把人要气没了脉，她到底还是有理！再不然，我刚想起一句好的，在脑中盘旋，自信足以愧死莎士比亚，假若能写出来的话。当是时也，小济拉拉我的肘，低声说：“上公园看猴？”于是我至今还未成莎士比亚。小儿一岁整，还不会“写字”，也不晓得去看猴，但善亲亲，闭眼，张口展览上下四个小牙。我若没事，请求他闭眼，露牙，小胖子总会东指西指的打岔。赶到我拿起笔来，他那一套全来了，不但亲脸，闭眼，还“指”令我也得表演这几招。有什么办法呢？！

这还算好的。赶到小济午后不睡，按着也不睡，那才难办。到这么四点来钟吧，她的困闹开始，到五点钟我已没有人味。什么也不对，连公园的猴都变成了臭的，而且猴之所以臭，也应当由我负责。小胖子也有这种困而不睡的时候，大概多数是与小济同时发难。两位小醉鬼一齐找毛病，我就是诸葛亮恐怕也得唱空城计，一点办法没有！在这种干等束手被擒的时候，偏偏会来一两封快信——催稿子！我也只好闹脾气了。不大一会儿，把太太也闹急了，一家大小四口，都成了醉鬼，其热闹至为惊人。大人声言离婚，小孩怎说怎不是，于离婚的争辩中瞎打混。一直到七点后，二位小天使已困得动不的，离婚的宣言才无形的撤销。这还算好的。遇上小胖子出牙，那才真教厉害，不但白天没有情理，夜里还得上夜班。一会儿一醒，若被针扎了似的惊啼，他出牙，谁也不用打算睡。他的牙出利落了，大家全成了红眼虎。

不过，这一点也不妨碍家庭中爱的发展，人生的巧妙似乎就在这里。记得 Frank Harris 仿佛有过这么点记载：他说王尔德为那件不名誉的案子过堂被审，一开头他侃侃而谈，语多幽默。及至原告提出几个男妓作证人，王尔德没了脉，非失败不可了。Harris 以为王尔德必会说："我是个戏剧家，为观察人生，什么样的人都当交往。假若我不和这些人接触，我从哪里去找戏剧中的人物呢？"可是，王尔德竟自没这么答辩，官司就算输了！

把王尔德且放在一边；艺术家得多去经验，Harris 的意见，假若不是特为王尔德而发的，的确是不错。连家庭之累也是如此。还拿小孩们说吧——这才来到正题——爱他们吧，嫌他们吧，无论怎说，也是极可宝贵的经验。

在没有小孩的时候，一个人的世界还是未曾发现美洲的时候的。

小孩是科仑布[①]，把人带到新大陆去。这个新大陆并不很远，就在熟习的街道上和家里。你看，街市上给我预备的，在没有小孩的时候，似乎只有理发馆，饭铺，书店，邮政局等。我想不出婴儿医院，糖食店，玩具铺等等的意义。连药房里的许许多多婴儿用的药和粉，报纸上婴儿自己药片的广告，百货店里的小袜子小鞋，都显着多此一举，劳而无功。及至小天使自天飞降，我的眼睛似乎戴上了一双放大镜，街市依然那样，跟我有关系的东西可是不知增加了多少倍！婴儿医院不但挂着牌子，敢情里边还有医生呢。不但有医生，还是挺神气，一点也得罪不得。拿着医生所给的神符，到药房去，敢情那些小瓶子小罐都有作用。不但要买瓶子里的白汁黄面和各色的药饼，还得买瓶子罐子，轧粉的钵，量奶的漏斗，乳头，卫生尿布，玩艺多多了！百货店里那些小衣帽，小家具，也都有了意义；原先以为多此一举的东西，如今都成了非它不行；有时候铺中缺乏了我所要的那一件小物品，我还大有看不起他们的意思：既是百货店，怎能不预备这件东西呢？！慢慢的，全街上的铺子，除了金店与古玩铺，都有了我的足迹；连当铺也走得怪熟。铺中人也渐渐熟识了，甚至可以随便闲谈，以小孩为中心，谈得颇有味儿。伙计们，掌柜们，原来不仅是站柜作买卖，家中还有小孩呢！有的铺子，竟自敢允许我欠账，仿佛一有了小孩，我的人格也好了些，能被人信任。三节的账条来得很踊跃，使我明白了过节过年的时候怎样出汗。

小孩使世界扩大，使隐藏着的东西都显露出来。非有小孩不能明白这个。看着别人家的孩子，肥肥胖胖，整整齐齐，你总觉得小孩们理应如此，一生下来就戴着小帽，穿着小袄，好像小雏鸡生下来就披

① 现通常译作哥伦布。

着一身黄绒似的。赶到自己有了小孩，才能晓得事情并不这么简单。一个小娃娃身上穿戴着全世界的工商业所能供给的，给全家人以一切啼笑爱怨的经验，小孩的确是位小活神仙！

有了小活神仙，家里才会热闹。窗台上，我一向认为是摆花的地方。夏天呢，开着窗，风儿轻轻吹动花与叶，屋中一阵阵的清香。冬天呢，阳光射到花上，使全屋中有些颜色与生气。后来，有了小孩，那些花盆很神秘的都不见了，窗台上满是瓶子罐子，数不清有多少。尿布有时候上了写字台，奶瓶倒在书架上。大扫除才有了意义，是的，到时候非痛痛快快的收拾一顿不可了，要不然东西就有把人埋起来的危险。上次大扫除的时候，我由床底下找到了但丁的《神曲》。不知道这老家伙干吗在那里藏着玩呢！

人的数目也增多了，而且有很多问题。在没有小孩的时候，用一个仆人就够了，现在至少得用俩。以前，仆人“拿糖”，满可以暂时不用；没人作饭，就外边去吃，谁也不用拿捏谁。有了小孩，这点豪气趁早收起去。三天没人洗尿布，屋里就不要再进来人。牛奶等项是非有人管理不可，有儿方知卫生难，奶瓶子一天就得烫五六次；没仆人简直不行！有仆人就得捣乱，没办法！

好多没办法的事都得马上有办法，小孩子不会等着“国联”慢慢解决儿童问题。这就长了经验。半夜里去买药，药铺的门上原来有个小口，可以交钱拿药，早先我就不晓得这一招。西药房里敢情也打价钱，不等他开口，我就提出：“还是四毛五？”这个“还是”使我省五分钱，而且落个行家。这又是一招。找老妈子有作坊，当票儿到期还可以入利延期，也都被我学会。没工夫细想，大概自从有了儿女以后，我所得的经验至少比一张大学文凭所能给我的多着许多。大学文凭是由课本里掏出来的，现在我却念着一本活书，没有头儿。

连我自己的身体现在都会变形，经小孩们的指挥，我得去装马装牛，还须装得像个样儿。不但装牛像牛，我也学会牛的忍性，小胖子觉得“开步走”有意思，我就得百走不厌；只作一回，绝对不行。多咱他改了主意，多咱我才能“立正”。在这里，我体验出母性的伟大，觉得打老婆的人们满该下狱。

中秋节前来了个老道，不要米，不要钱，只问有小孩没有？看见了小胖子，老道高了兴，说十四那天早晨须给小胖子左腕上系一根红线。备清水一碗，烧高香三炷，必能消灾除难。右邻家的老太太也出来看，老道问她有小孩没有，她惨淡的摇了摇头。到了十四那天，倒是这位老太太的提醒，小胖子的左腕上才拴了一圈红线。小孩子征服了老道与邻家老太太。一看胖手腕的红线，我觉得比写完一本伟大的作品还骄傲，于是上街买了两尊兔子王，感到老道，红线，兔子王，都有绝大的意义！

原载 1936 年 11 月 25 日《谈风》第三期

文艺副产品
——孩子们的事情

自从去年秋天辞去了教职，就拿写稿子挣碗“粥”吃——“饭”是吃不上的。除了星期天和闹肚子的时候，天天总动动笔，多少不拘，反正得写点儿。于是，家庭里就充满了文艺空气，连小孩们都到时候懂得说：“爸爸写字吧？”文艺产品并没能大量的生产，因为只有我这么一架机器，可是出了几样副产品，说说倒也有趣：

（一）自由故事。须具体的说来：

早九点，我拿起笔来。烟吸过三支，笔还没落到纸上一回。小济（女，实岁数三岁半）过来检阅，见纸白如旧，就先笑一声，而后说：“爸，怎么没有字呢？”

“待一会儿就有，多多的字！”

“啊！爸，说个故事？”

我不语。

“爸快说呀，爸！”她推我的肘，表示我即使不说，反正肘部动摇也写不了字。

这时候，小乙（男，实岁数一岁半，说话时一字成句，简当而又含蓄）来了，妈妈在后面跟着。

见生力军来到，小济的声势加旺：“快说呀！快说呀！”

我放下笔：“有那么一回呀——”

小乙：“回！”

小济：“你别说，爸说！”

爸：“有那么一回呀，一只大白兔——”

小乙：“兔兔！”

小济：“别——”

小乙撇嘴。

妈：“得，得，得，不哭！兔兔！”

小乙：“兔兔！”泪在眼中一转，不知转到哪里去了。

爸：“对了，有两只大白兔——”

小乙：“泡泡！”

妈：“小济，快，找小盆去！”

爸：“等等，小乙，先别撒！”随小济作快步走，床下椅下，分头找小盆，至为紧张，且喊且走，“小盆在哪儿？”只在此屋中，云深不知处，无论如何，找不到小盆。

妈曳小乙疾走如风，入厕，风暴渐息。

归位，小济未忘前事：“说呀！”

爸：“那什么，有三只大白兔——”等小乙答声，我好想主意。

小乙尿后，颇镇定，把手指放在口中。

妈：“不含手指，臭！”

小乙置之不理。

小济："说那个小猪吃糕糕的，爸！"

小乙："糕糕，吃！"他以为是到了吃点心的时候呢。

妈："小猪吃糕糕，小乙不吃。"

爸说了小猪吃糕糕。说完，又拿起笔来。

小济："白兔呢？"

颇成问题！小猪吃糕糕与白兔如何联到一处呢？

门外："给点什么吃啵，太太！"

小济小乙齐声："太太！"

全家摆开队伍，由爸代表，给要饭的送去铜子儿一枚。

故事告一段落。

这种故事无头无尾，变化万端，白兔不定几只，忽然转到小猪吃糕糕，若不是要饭的来解围，故事便当延续下去，谁也不晓得说到哪里去，故定名为"自由故事"。此种故事在有小孩子的家中非常方便好用，作者信口开河，随听者的启示与暗示而跌宕多姿。著者与听者打成一片，无隔膜抵触之处。其体裁既非童话，也非人话，乃一片行云流水，得天然之美，极当提倡。故事里毫无教训，而充分运用着作者与听者的想象，故甚可贵。

（二）新蝌蚪文：

在以前没有小孩的时候，我写坏了稿纸，便扔在字纸篓里。自从小济会拿铅笔，此项废纸乃有出路，统统归她收藏。

我越写不上来，她越闹哄得厉害：逼我说故事，劝我带她上街，要不然就吃一个苹果，"小济一半，爸一半！"我没有办法，只好把刚写上三五句不像话的纸送给她："看这张大纸，多么白！去，找笔来，你也写字，好不好？"赶上她心顺，她就找来铅笔头儿，搬来小板凳，以椅为桌，开始写字。

她已三岁半，可是一个字不识。我不主张早教孩子们认字。我对于教养小孩，有个偏见——也许是“正”见：六岁以前，不教给他们任何东西；只劳累他们的身体，不劳累脑子。养得脸蛋儿红扑扑的，胳臂腿儿挺有劲，能蹦能闹，便是好孩子。过六岁，该受教育了，但仍不从严督促。他们有聪明，爱读书呢，好；没聪明而不爱读书呢，也好。反正有好身体才能活着，女的去作舞女，男的去拉洋车，大体生活也就不错，不用着急。

这就可以想象到小济写的是什么字了：用铅笔一按，在格中按了个不小的黑点，然后往上或往下一拉，成个小蝌蚪。一个两个，一行两行，一次能写满半张纸。写完半张，她也照着爸的样子说：“该歇歇了！”于是去找弟弟玩耍，忘了说故事与吃苹果等要求。我就安心写作一会儿。

（三）卡通演义：

因为有书，看惯了，所以孩子们也把书当作玩艺儿。玩别的玩腻了，便念书玩。小乙的办法是把书挡住眼，口中嘟嘟嘟嘟；小济的办法是找图画念，口中唱着：一个小人儿，一个小鸟儿，又一个小人儿……

俩孩子最喜爱的一本是朋友给我寄来的一本英国卡通册子，通体都是画儿，所以俩孩子争着看。他们看小人儿，大人可受了罪，他们教我给“说”呀。篇篇是讽刺画儿，我怎么“说”呢？急中生智，我顺口答音，见机而作，就景生情，把小人儿全联到一处，成为一完整而又变化很多的故事。

说完了，他们不记得，我也不记得；明天看，明天再编新词儿。英国的首相，在我们的故事里，叫作“大鼻子”；麦克唐纳是“大脑袋”，由小乙的建议呢，凡戴眼镜儿的都是“爸”——因为我戴眼镜儿。我们的故事总是很热闹，“大鼻子叼着烟袋锅，大脑袋张着嘴，没有烟袋，大鼻子不给他，大脑袋就生气，爸就来劝，得了，别生气……”

卡通演义比自由故事更有趣，因为照着图来说，总得设法就图造事，不能三只四只白兔的乱说。说的人既须费些思索，故事自然分外的动听，听者也就多加注意。现在，小乙不怕是把这本册子拿倒了，也能指出哪个是英国首相——“鼻！”歪打正着，这也许能帮助训练他们的观察能力；自然，没有这种好处，我们也都不在乎；反正我们的故事很热闹。

（四）改造杂志：

我们既能把卡通给孩子讲通了，那么，什么东西也不难改造了。我们每月固定的看《文学》,《中流》,《青年界》,《宇宙风》,《论语》,《西风》，《谈风》，《方舟》；除了《方舟》是定阅的，其余全是赠阅的。此外，我们还到小书铺里去“翻”各种刊物，看着题目好，就买回来。无论是什么刊物吧，都是先由孩子们看画儿，然后大人们念字。字，有时候把大人憋住，怎念怎念不明白。画，完全没有困难。普式庚的像，罗丹的雕刻，苏联的木刻……我们都能设法讲解明白了。无论什么严重的事，只要有图，一到我们家里便变成笑话。所以我们时常感到应向各刊物的编辑道歉，可是又不便于道歉，因为我们到底是看了，而且给它们另找出一种意义来呀。

（五）新年特刊：

这是我们家中自造的刊物：用铜钉按在墙上，便是壁画；不往墙上钉呢，便是活页的杂志。用不着花印刷费，也不必征求稿件，只须全家把“画来——卖画”的卖年画的包围住，花上两三毛钱，便能五光十色的得到一大堆图画。小乙自己是胖小子，所以也爱胖小子，于是胖小子抱鱼——“富贵有余”——胖小子上树——摇钱树——便算是由他主编，自成一组。小济是主编故事组：“小叭儿狗会擀面”，“小小子坐门墩”，“探亲相骂”……都由她收藏管理，或贴在她的床前。戏出儿和渔家乐什么的算作爸与妈的，妈担任说明画上的事情，爸担任照着戏出儿整本的唱戏，文武昆乱，生末净旦丑，一概不挡，烦唱哪出就唱哪出。这一批年画儿能教全家有的说，有的看，有的唱，热闹好几个月。地上也是，墙上也是，都彩色鲜明，百读不厌。我们这个特刊是文艺、图画、戏剧、歌唱的综合；是国货艺术与民间艺术的拥护；是大人与小孩的共同恩物。看完这个特刊，再看别的杂志，我们觉得还是我们自家的东西应属第一。

好啦，就说到此处为止吧。

原载 1937 年 5 月 1 日《宇宙风》第四十期

可喜的寂寞

既可喜，却又寂寞，有点自相矛盾。别着急，略加解释，便会统一起来。

近来呀，每到星期日，我就又高兴，又有点寂寞。高兴的是：儿女们都从学校、机关回家来看看，还带着他们的男女朋友，真是热闹。听吧，各屋里的笑声，辩论声，都连续不断，声震屋瓦，连我们的大猫都找不到安睡懒觉的地方，只好跑到房上去呆坐。虽然这么热闹，我却很寂寞。他们所讨论的，我插不上嘴；默坐旁听，又听不懂！

我的文艺知识不很丰富，可是几十年来总以写作为业，按说对儿女们应该有些影响。事实并不如此。他们都不学文艺，虽然他们也爱看小说、话剧、电影什么的。他们，连他们带来的男女朋友，都学科学。我家最小的那个梳两条小辫的娃娃，刚考入大学，又是学物理！这群小科学家们凑到一处，连说笑似乎都带点什么科学味道，我听不懂。

他们也并不光说笑、争辩。有时候，他们安静下来：哥哥帮助妹妹算数学上的难题，或几个人都默默地思索着一个什么科学上的道理。在这种时候，我看得出来，他们的深思苦虑和诗人的呕尽心血并没有什么不同。我可也看到，当诗人实在找不到最好的字的时候，他也只好暂且将就用个次好的字，而小科学家们可不能这么办，他们必须找到那个最正确的答案，差一点点也不行。当他们得到了答案的时候，他们便高兴得又跳又唱，觉得已拿到打开宇宙秘密的一把小钥匙。

我看到了一种新的精神。是，从他们决定投考哪个学校，要选修哪门科学的时候起，我就不断地听到“尖端”、“发明”和“革新”等等悦耳的字眼儿。因此，我没有参加意见，更不肯阻拦他们。他们是那么热烈地讨论着，那么努力预备考试，我还有什么可说的呢！我看出来，是那个新精神支配着他们，鼓舞着他们，我无权阻拦他们。

他们的选择不是为名为利，而是要下决心去埋头苦干。是，从他们怎么预备功课和怎么制订工作计划，我就看出：他们所选择的道路并不是容易走的。他们有勇气与决心去翻山越岭，攀登高峰。他们的选择不仅出于个人的嗜爱，而也是政治热情的表现——现在是原子时代，而我们的科学技术还有些落后，必须急起直追。想建设一个有现代工业、农业与文化的国家，非有现代科学技术不可！我不能因为自己喜爱文艺而阻拦儿女们去学科学。建设伟大的祖国，自力更生，必须闯过科学技术关口。儿女们，在党的教育培养下，不但看明此理，而且决心去作闯关的人。这是多么可喜的事啊！是呀，且不说别的，只说改良一个麦种，或制造一种尼龙袜子，就需要多少科学研究与试验啊！科学不发达，现代化就无从说起。

我们的老农有很多宝贵的农业知识与经验，但专凭这些知识与经验而无现代的科学技术，便难以应付农业现代化的要求。我们的手工业有悠久的传统和许多世代相传的窍门，但也须进一步提高到科学理论上去，才能发展、提高。重工业和新兴的工业更用不着说，没有现代的科学技术，寸步难行。小科学家们，你们的责任有多么重大呀！

于是，我的星期日的寂寞便是可喜的了。我不能摹仿大猫，听不懂就跑上房去。我默默地听着小将们的谈论，而且想到：我若是也懂点科学，够多么好！写些科学小品，或以发明创造为内容的小说，够多么新颖，多么富有教育性啊。若是能把青年一代这种热爱科学的新精神写出来，不就更好吗？是呀，我们大概还缺乏这样的作品。我希望这样的作品不久就会出现。这应当是文艺创作的一个新的重要题材。

原载 1963 年 1 月 1 日《北京晚报》

老姐姐们

离开北京已整整十四年。

回来，北京的宫殿亭园还都照旧，只是人心变了。

当一离开北方，到重庆去的时候，我就预料到与快八十岁的老母难再见面。果然，在抗战中，她死在北京，半年后[①]，我才在重庆得到消息。

这几年，我在各地方乱跑，中心常常想到三位老姐姐。大姐今年七十五，二姐七十，三姐比我大一轮，六十四。我常常问自己：回到家乡，三位姐姐还能活着吗？

归来，她们都还健在！这是使我多么高兴的事！

大姐二姐都不识字。三姐能勉强念通俗的小文。大姐二姐的生活很苦，三姐较好。

---

① 疑为记录偏差导致时间不同。

我刚由国外回来，虽然天天看报，可是总觉得对国内情形不十分清楚。因此我以为三位姐姐——不识字的与只识一些字的——对于时局也必是马马虎虎，不大知道。我也以为她们必定叫苦连天，不满现状，因为她们的生活是那么苦！

不，她们并没叫苦，七十三岁的老寡妇到处去帮助侄媳妇、外甥媳妇、出了嫁的女儿洗衣服、作鞋、刷家伙、洗碗。一天忙到晚她并不抱怨。二姐三姐也如此。

她们知道自己的穷苦劳累，而不辞苦。她们的言语表现不出心中的善意，可是从她们的笑意与眼神中，我可以看出：她们明白这是个新时代，不管这是怎么苦，也比旧的好。她们不能抱怨，那对不起新时代。新时代的人应当劳苦，所以她们一天到晚不赋闲。

大姐曾经享过福，三姐始终没受过挨饿的苦处；她们都喜欢打牌。我问她们现在还摸四圈否？她们都笑着摇摇头，仿佛是说，“你简直不识相，小弟弟！”

她们并没到任何学校去听过课，可是接受了新时代的积极性——不怕苦、不厌劳动。她们没受过警察们的劝告，可是自动的不再打牌。政治的力量推动了北京的曲艺界，去改换脑筋，改编歌曲，改除旧习。政治的力量改造了北京的妓女。政治的力量把北京的五行八作都组织起来。这力量的余波好像也碰到我的姐姐们，她们说不出什么，都感到并接受了那新潮。我希望只是她们还活着能够见面；可是出乎意外，她们不但还活着，而且是劳动着，不辞苦的活着。

侄辈们有的——在这最近二三年中——已成为很进步的工人。他们总是毫不客气的阻止了老婆婆们的谈话，便把自己的意见提出来。在一旁看着，我生怕老婆婆们吃不消而拿出前辈的威严来。可是她们并不那么办。她们好像不肯倚老卖老，反之，岁数已经不是一种法宝，而是应抱歉的什么。她们听取青年人的意见。一个侄女去南下工作，并没受到老姑姑们的阻挠。

以前，她们和我在北京，就从庚子联军侵陷北京说起吧，不知受过多少惊险变乱。但是变乱一定，我们便又顺着生活的老路子走下去。祸乱来了，我们关上大门，祷告神佛保佑。事情过去了，我们便又想起吃炸酱面。

这一次可大大不同了。北京解放后，连老婆婆们的心也变了。她们认识了一些从前向来未有认识过的道理，而且用一种新的道理态度去实行那道理。她们的牙已脱落，衣服很破，吃喝很苦，可是在操劳之外，她们似乎看到尔后有了光明的前途，所以老有那么一点从心里发出的亮光儿。

原载 1950 年 3 月 4 日《留美学生通讯》第三卷第七期

要么有趣，
要么老去

生活是种律动，须有光有影，有左有右，有晴有雨；滋味就含在这变而不猛的曲折里。

小麻雀

雨后，院里来了个麻雀，刚长全了羽毛。它在院里跳，有时飞一下，不过是由地上飞到花盆沿上，或由花盆上飞下来。看它这么飞了两三次，我看出来：它并不会飞得再高一些，它的左翅的几根长翎拧在一处，有一根特别的长，似乎要脱落下来。我试着往前凑，它跳一跳，可是又停住，看着我，小黑豆眼带出点要亲近我又不完全信任的神气。我想到了：这是个熟鸟，也许是自幼便养在笼中的。所以它不十分怕人。可是它的左翅也许是被养着它的或别个孩子给扯坏了，所以它爱人，又不完全信任。想到这个，我忽然的很难过。一个飞禽失去翅膀是多么可怜。这个小鸟离了人恐怕不会活，可是人又那么狠心，伤了它的翎羽。它被人毁坏了，而还想依靠人，多么可怜！它的眼带出进退为难的神情，虽然只是那么个小而不美的小鸟，它的举动与表情可露出极大的委屈与为难。它是要保全它那点生命，而不晓得如何是好。对它自己与人都没有信心，而又愿找到些倚靠。它跳一跳，停一停，看着我，又不敢过来。我想拿几个饭粒诱它前来，又不敢离开，我怕小猫来扑它。可是小猫并没在院里，我很快的跑进厨房，抓来了几个饭粒。及至我回来，小鸟已不见了。我向外院跑去，小猫在影壁前的花盆旁蹲着呢。我忙去驱逐它，它只一扑，把小鸟擒住！被人养惯的小麻雀，连挣扎都不会，尾与爪在猫嘴旁搭拉着，和死去差不多。

瞧着小鸟，猫一头跑进厨房，又一头跑到西屋。我不敢紧追，怕它更咬紧了，可又不能不追。虽然看不见小鸟的头部，我还没忘了那个眼神。那个预知生命危险的眼神。那个眼神与我的好心中间隔着一只小白猫。来回跑了几次，我不追了。追上也没用了，我想，小鸟至少已半死了。猫又进了厨房，我愣了一会儿，赶紧的又追了去；那两个黑豆眼仿佛在我心内睁着呢。

进了厨房，猫在一条铁筒——冬天生火通烟用的，春天拆下来便放在厨房的墙角——旁蹲着呢。小鸟已不见了。铁筒的下端未完全扣在地上，开着一个不小的缝儿，小猫用脚往里探。我的希望回来了，小鸟没死。小猫本来才四个来月大，还没捉住过老鼠，或者还不会杀生，只是叼着小鸟玩一玩。正在这么想，小鸟，忽然出来了，猫倒像吓了一跳，往后躲了躲。小鸟的样子，我一眼便看清了，登时使我要闭上了眼。小鸟几乎是蹲着，胸离地很近，像人害肚痛蹲在地上那样。它身上并没血。身子可似乎是蜷在一块，非常的短。头低着，小嘴指着地。那两个黑眼珠！非常的黑，非常的大，不看什么，就那么顶黑顶大的愣着。它只有那么一点儿活气，都在眼里，像是等着猫再扑它，它没力量反抗或逃避；又像是等着猫赦免了它，或是来个救星。生与死都在这俩眼里，而并不是清醒的。它是糊涂了，昏迷了；不然为什么由铁筒中出来呢？可是，虽然昏迷，到底有那么一点说不清的，生命根源的，希望。这个希望使它注视着地上，等着，等着生或死。它怕得非常的忠诚，完全把自己交给了一线的希望，一点儿也不动。像把生命要从两眼中流出，它不叫，不动。

小猫没再扑它，只试着用小脚碰它，它随着击碰倾侧，头不动，眼不动，还呆呆的注视着地上。但求它能活着，它就决不反抗。可是并非全无勇气，它是在猫的面前不动！我轻轻的过去，把猫抓住。将猫放在门外，小鸟还没动。我双手把它捧起来。它确是没受了多大的伤，虽然胸上落了点毛。它看了我一眼！

我没主意：把它放了吧，它准是死？养着它吧，家中没有笼子。我捧着它，好像世上一切生命都在我的掌中似的，我不知怎样好。小鸟不动，蜷着身，两眼还那么黑，等着！愣了好久，我把它捧到卧室里，放在桌子上，看着它，它又愣了半天，忽然头向左右歪了歪，用它的黑眼瞟了一下；又不动了，可是身子长出来一些，还低头看着，似乎明白了点什么。

原载 1934 年 10 月《文学评论》第一卷第二期

母鸡

一向讨厌母鸡。不知怎样受了一点惊恐，听吧，它由前院嘎嘎到后院，由后院再嘎嘎到前院，没结没完，而并没有什么理由；讨厌！有的时候，它不这样乱叫，可是细声细气的，有什么心事似的，颤颤巍巍的，顺着墙根或沿着田坝，那么扯长了声如怨如诉，使人心中立刻结起个小疙疸来。

它永远不反抗公鸡。可是，有时候却欺侮那最忠厚的鸭子。更可恶的是它遇到另一只母鸡的时候，它会下毒手，乘其不备，狠狠的咬一口，咬下一撮儿毛来。

到下蛋的时候，它差不多是发了狂，恨不能使全世界都知道它这点成绩；就是聋子也会被它吵得受不下去。

可是，现在我改变了心思！我看见了一只孵出一群小雏鸡的母鸡。

不论是在院里，还是在院外，它总是挺着脖儿，表示出世界上并没有可怕的东西。一个鸟儿飞过，或是什么东西响了一声，它立刻警戒起来：歪着头儿听；挺着身儿预备作战；看看前，看看后，咕咕的警告群雏要马上集合到它身边来！

当它发现了一点可吃的东西，它咕咕的紧叫，啄一啄那个东西，马上便放下，教它的儿女吃。结果，每一只鸡雏的肚子都圆圆的下垂，像刚装了一两个汤圆儿似的，它自己却削瘦了许多。假若有别的大鸡来找食，它一定出击，把它们赶出老远；连大公鸡也怕它三分。

它教给鸡雏们啄食，掘地，用土洗澡；一天教多少多少次。它还半蹲着——我想这是相当劳累的——教它们挤在它的翅下，胸下，得一点温暖。它若伏在地上，鸡雏们有的便爬在它的背上，啄它的头或别的地方，它一声也不哼。

在夜间若有什么动静，它便放声号叫，顶尖锐，顶凄惨，使任何贪睡的人也得起来看看，是不是有了黄鼠狼。

它负责，慈爱，勇敢，辛苦，因为它有了一群鸡雏。它伟大，因为它是鸡母亲。一个母亲必定就是一位英雄！

我不敢再讨厌母鸡了！

原载 1942 年 5 月 30 日《时事新报》

猫

猫的性格实在有些古怪。说它老实吧，它的确有时候很乖。它会找个暖和地方，成天睡大觉，无忧无虑。什么事也不过问。可是，赶到它决定要出去玩玩，就会走出一天一夜，任凭谁怎么呼唤，它也不肯回来。说它贪玩吧，的确是呀，要不怎么会一天一夜不回家呢？可是，及至它听到点老鼠的响动啊，它又多么尽职，闭息凝视，一连就是几个钟头，非把老鼠等出来不拉倒！

它要是高兴，能比谁都温柔可亲：用身子蹭你的腿，把脖儿伸出来要求给抓痒，或是在你写稿子的时候，跳上桌来，在纸上踩印几朵小梅花。它还会丰富多腔地叫唤，长短不同，粗细各异，变化多端，力避单调。在不叫的时候，它还会咕噜咕噜地给自己解闷。这可都凭它的高兴。它若是不高兴啊，无论谁说多少好话，它一声也不出，连半个小梅花也不肯印在稿纸上！它倔强得很！

是，猫的确是倔强。看吧，大马戏团里什么狮子，老虎，大象，狗熊，甚至于笨驴，都能表演一些玩艺儿，可是谁见过耍猫呢？（昨天才听说：苏联的某马戏团里确有耍猫的，我当然还没亲眼见过。）

这种小动物确是古怪。不管你多么善待它，它也不肯跟着你上街去逛逛。它什么都怕，总想藏起来。可是它又那么勇猛，不要说见着小虫和老鼠，就是遇上蛇也敢斗一斗。它的嘴往往被蜂儿或蝎子螫得肿起来。

赶到猫儿们一讲起恋爱来，那就闹得一条街的人们都不能安睡。它们的叫声是那么尖锐刺耳，使人觉得世界上若是没有猫啊，一定会更平静一些。

可是，及至女猫生下两三个棉花团似的小猫啊，你又不恨它了。它是那么尽责地看护儿女，连上房兜兜风也不肯去了。

郎猫可不那么负责，它丝毫不关心儿女。它或睡大觉，或上屋去乱叫，有机会就和邻居们打一架，身上的毛儿滚成了毡，满脸横七竖八都是伤痕，看起来实在不大体面。好在它没有照镜子的习惯，依然昂首阔步，大喊大叫，它匆忙地吃两口东西，就又去挑战开打。有时候，它两天两夜不回家，可是当你以为它可能已经远走高飞了，它却瘸着腿大败而归，直入厨房要东西吃。

过了满月的小猫们真是可爱，腿脚还不甚稳，可是已经学会淘气。妈妈的尾巴，一根鸡毛，都是它们的好玩具，耍上没结没完。一玩起来，它们不知要摔多少跟头，但是跌倒即马上起来，再跑再跌。它们的头撞在门上，桌腿上，和彼此的头上。撞疼了也不哭。

它们的胆子越来越大，逐渐开辟新的游戏场所。它们到院子里来了。院中的花草可遭了殃。它们在花盆里摔跤，抱着花枝打秋千，所过之处，枝折花落。你不肯责打它们，它们是那么生气勃勃，天真可爱呀。可是，你也爱花。这个矛盾就不易处理。

现在，还有新的问题呢：老鼠已差不多都被消灭了，猫还有什么用处呢？而且，猫既吃不着老鼠，就会想办法去偷捉鸡雏或小鸭什么的开开斋。这难道不是问题么？

在我的朋友里颇有些位爱猫的。不知他们注意到这些问题没有。记得二十年前在重庆住着的时候，那里的猫很珍贵，须花钱去买。在当时，那里的老鼠是那么猖狂，小猫反倒须放在笼子里养着，以免被老鼠吃掉。据说，目前在重庆已很不容易见到老鼠。那么，那里的猫呢？是不是已经不放在笼子里，还是根本不养猫了呢？这须打听一下，以备参考。

也记得三十年前，在一艘法国轮船上，我吃过一次猫肉。事前，我并不知道那是什么肉，因为不识法文，看不懂菜单。猫肉并不难吃，虽不甚香美，可也没什么怪味道。是不是该把猫都送往法国轮船上去呢？我很难作出决定。

猫的地位的确降低了，而且发生了些小问题。可是，我并不为猫的命运多耽什么心思。想想看吧，要不是灭鼠运动得到了很大的成功，消除了巨害，猫的威风怎会减少了呢？两相比较，灭鼠比爱猫更重要的多，不是吗？我想，世界上总会有那么一天，一切都机械化了，不是连驴马也会有点问题吗？可是，谁能因耽忧驴马没有事作而放弃了机械化呢？

原载 1959 年 8 月《新观察》第十六期

吃莲花的

少见则多怪，真叫人愁得慌！谁能都知都懂？就拿相对论说吧，到底怎样相对？是像哼哈二将那么相对，还是像情人要互吻时那么面面相对？我始终弄不清！况且，还要“论”呢。一向不晓得哼哈二将会作论；至于情人互吻而必须作论，难道情人也得“会考”？

这且不提。拿些小事说“眼生”就要恶意的发笑，“眼熟”的事儿是对的，至少也比“眼生”的文明些。中国人用湿毛巾擦脸，英美人用干的；中国人放伞头朝上，西洋鬼子放伞头朝下；于是据洋鬼子看，他们文明，我们是头朝下活着。少见多怪，“怪”完了还自是自高一下，愁人得慌！

这且不提。听说广东人吃狗。每逢有广东朋友来，我总把黄子藏到后院去。可是据我所知道的广东朋友们，还没有一位向我要求过：“来，拿黄子开开斋！”没有。可是，黄子还是在后院保险。

这且不提。虽然我不“大”懂相对论——不是一点也不懂，说不

定它还就许是像哼哈二将那样的对立——可是我天性爱花草。盆花数十种，分对列于庭中，大概我不见得一定比爱因司坦[①]低下着多少。不，或者我比他还高着些。他会相对——和他的夫人相对而坐，也许是——而且会论——和他的夫人论些家长里短什么的。我呢，会种花。我与他各有一出拿手戏，谁也不高，谁也不低。他要是不服气的话，他骂我，我也会骂他。相对论，我得承认他的优越；相对骂，不定谁行呢！这样，我与他本是“肩膀齐为弟兄”，他不用吹，我用不着谦卑。可是，我的盆花是成对摆列着的，兰对兰，菊对菊，盆盆相对，只欠着一个“论”；那么，我比他强点！

这且不提——就使我真比爱因司坦强，也是心里的劲，不便大吹大擂的宣传，我不是好吹的人；何必再提？今年我种了两盆白莲。盆是由北平搜寻来的，里外包着绿苔，至少有五六十岁。泥是由黄河拉来的。水用趵突泉的。只是藕差点事，吃剩下来的菜藕。好盆好泥好水敢情有妙用，菜藕也不好意思了，长吧，开花吧，不然太对不起人！居然，拔了梗，放了叶，而且开了花。一盆里七八朵，白的！只有两朵，瓣尖上有点红，我细细的用檀香粉给涂了涂，于是全白。作诗吧，除了作诗还有什么办法？专说“亭亭玉立”这四个字，就被我用了七十五次，请想我作了多少首诗吧！

这且不提。好几天了，天天门口卖菜的带着几把儿白莲。最初，我心里很难过。好好的莲花和茄子冬瓜放在一块，真！继而一想，若有所悟。啊，济南名士多，不能自己“种”莲，还不“买”些用古瓶清水养起来，放在书斋？是的，一定是这样。

这且不提。友人约游大明湖，“去买点莲花来！”他说。“何必去买，

① 现通常译作爱因斯坦。

我的两盆还不可观？”我有点不痛快，心里说：“我自种的难道比不上湖里的？真！”况且，天这么热，游湖更受罪，不如在家里，煮点毛豆角，喝点莲花白，作两首诗，以自种白莲为题，岂不雅妙？友人看着那两盆花，点了点头。我心里不用提多么痛快了；友人也很雅哟！除了作新诗向来不肯用这“哟”，可是此刻非用不可了！我忙着吩咐家中煮毛豆角，看看能买到鲜核桃不。然后到书房去找我的诗稿。友人静立花前，欣赏着哟！

这且不提。及至我从书房回来一看，盆中的花全在友人手里握着呢，只剩下两朵快要开败的还在原地未动。我似乎忽然中了暑，天旋地转，说不出话。友人可是很高兴。他说：“这几朵也对付了，不必到湖中买去了。其实门口卖菜的也有，不过没有湖上的新鲜便宜。你这些不很嫩了，还能对付。”他一边说着，一边奔了厨房。“老田，”他叫着我的总管事兼厨子，“把这用好香油炸炸。外边的老瓣不要，炸里边那嫩的。”老田是我由北平请来的，和我一样不懂济南的典故，他以为香油炸莲瓣是什么偏方呢。“这治什么病，烫伤？”他问。友人笑了。“治烫伤？吃！美极了！没看见菜挑子上一把儿一把儿的卖吗？”

这且不提。还提什么呢，诗稿全烧了，所以不能附录在这里。

原载 1933 年 8 月 16 日《论语》第二十三期

落花生

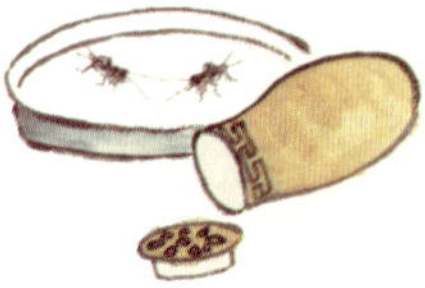

我是个谦卑的人。但是，口袋里装上四个铜板的落花生，一边走一边吃，我开始觉得比秦始皇还骄傲。假若有人问我："你要是作了皇上，你怎么享受呢？"简直的不必思索，我就答得出："派四个大臣拿着两块钱的铜子，爱买多少花生吃就买多少！"

什么东西都有个幸与不幸。不知道为什么瓜子比花生的名气大。你说，凭良心说，瓜子有什么吃头？它夹你的舌头，塞你的牙，激起你的怒气——因为一咬就碎；就是幸而没碎，也不过是那么小小的一片，不解饿，没味道，劳民伤财，布尔乔亚！你看落花生：大大方方的，浅白麻子，细腰，曲线美。这还只是看外貌。弄开看：一胎儿两个或者三个粉红的胖小子。脱去粉红的衫儿，象牙色的豆瓣一对对的抱着，上边儿还结着吻。那个光滑，那个水灵，那个香喷喷的，碰到牙上那个干松酥软！白嘴吃也好，就酒喝也好，放在舌上当槟榔含着也好。写文章的时候，三四个花生可以代替一支香烟，而且有益无损。

种类还多呢：大花生，小花生，大花生米，小花生米，糖饯的，炒的，煮的，炸的，各有各的风味，而都好吃。下雨阴天，煮上些小花生，放点盐；来四两玫瑰露；够作好几首诗的。瓜子可给诗的灵感？冬夜，早早的躺在被窝里，看着《水浒》，枕旁放着些花生米；花生米的香味，在舌上，在鼻尖；被窝里的暖气，武松打虎……这便是天国！冬天在路上，刮着冷风，或下着雪，袋里有些花生使你心中有了主儿；掏出一个来，剥了，慌忙往口中送，闭着嘴嚼，风或雪立刻不那么厉害了。况且，一个二十岁以上的人肯神仙似的，无忧无虑的，随随便便的，在街上一边走一边吃花生，这个人将来要是作了宰相或度支部尚书，他是不会有官僚气与贪财的。他若是作了皇上，必是朴俭温和直爽天真的一位皇上，没错。吃瓜子的照例不在街上走着吃，所以我不给他保这个险。

至于家中要是有小孩儿，花生简直比什么也重要。不但可以吃，而且能拿它们玩。夹在耳唇上当环子，几个小姑娘就能办很大的一回喜事。小男孩若找不着玻璃球儿，花生也可以当弹儿。玩法还多着呢。玩了之后，剥开再吃，也还不脏。两个大子儿的花生可以玩半天；给他们些瓜子试试。

论样子，论味道，栗子其实满有势派儿。可是它没有落花生那点家常的“自己”劲儿。栗子跟人没有交情，仿佛是。核桃也不行，榛子就更显着疏远。落花生在哪里都有人缘，自天子以至庶人都跟它是朋友，这不容易。

在英国，花生叫作“猴豆”——Monkey nuts。人们到动物园去才带上一包，去喂猴子。花生在这个国里真不算很光荣，可是我亲眼看见去喂猴子的人——小孩就更不用提了——偷偷的也往自己口中送这猴豆。花生和苹果好像一样的有点魔力，假如你知道苹果的典故；

我这儿确是用着典故。

美国吃花生的不限于猴子。我记得有位美国姑娘，在到中国来的时候，把几只皮箱的空处都填满了花生，大概凑起来总够十来斤吧，怕是到中国吃不着这种宝物。美国姑娘都这样重看花生，可见它确是有价值；按照哥伦比亚的哲学博士的辩证法看，这当然没有误儿。

花生大概还跟婚礼有点关系，一时我可想不起来是怎么个办法了；不是新娘子在轿里吃花生，不是；反正是什么什么春吧——你可晓得这个典故？其实花轿里真放上一包花生米，新娘子未必不一边落泪一边嚼着。

原载 1935 年 1 月 20 日《漫画生活》第五期

西红柿

所谓番茄炒虾仁的番茄，在北平原叫作西红柿，在山东各处则名为洋柿子，或红柿子。想当年我还梳小辫，系红头绳的时候，西红柿还没有番茄这点威风。它的价值，在那不文明的时代，不过与“赤包儿”相等，给小孩子们拿着玩玩而已。大家作“娶姑娘扮姐姐”玩耍的时节，要在小板凳上摆起几个红胖发亮的西红柿，当作喜筵，实在漂亮。可是，它的价值只是这么点，而且连这一点还不十分稳定，至于在大小饭铺里，它是完全没有份儿的。这种东西，特别是在叶子上，有些不得人心的臭味——按北平的话说，这叫作“青气味儿”。所谓“青气味儿”，就是草木发出来的那种不好闻的味道，如楮树叶儿和一些青草，都是有此气味的。可怜的西红柿，果实是那么鲜丽，而被这个味儿给累住，像个有狐臭的美人。不要说是吃，就是当“花儿”看，它也是没有“凉水茄”，“番椒”等那种可以与美人蕉，翠雀儿等草花同在街上售卖的资格。小孩儿拿它玩耍，仿佛也是出于不得已；这种玩艺儿好玩不好吃，不像落花生或枣子那样可以“吃玩两便”。其实呢，西红柿的味道并不像它的叶子那么臭恶，而且不比臭豆腐难吃，可是那股青气味儿到底要了它的命。除了这点味道，恐怕它的失败在于它那点四不像的劲儿：拿它当果子看待，它甜不如果，脆不如瓜；拿它当菜吃，煮熟之后屁味没有，稀松一堆，没点“嚼头”；它最宜生吃，可是那股味儿，不果不瓜不菜，亦可以休矣！

西红柿转运是在近些年，“番茄”居然上了菜单，由英法大菜馆而渐渐侵入中国饭铺，连山东馆子也要报一报“番茄虾银（仁）儿”！文化的侵略哟，门牙也挡不住呀！可是细一看呢，饭馆里的番茄这个与那个，大概都是加上了点番茄汁儿，粉红怪可看，且不难吃；至于整个的鲜番茄，还没多少人肯大嘴的啃。肯生吞它的，或者还得算留过洋的人们和他们的儿女，到底他们的洋味地道些。近来西医宣传西红柿里含有维他命 A 至 W，可是必须生吃，这倒有点别扭。不过呢，国人是注意延年益寿，滋阴补肾的东西，或者这点青气味儿也不难于习惯下来的；假如国医再给证明一下：番茄加鹿茸可以壮阳种子，我想它的前途正自未可限量咧。

原载 1935 年 7 月 14 日《青岛民报·避暑录话》

读书

若是学者才准念书，我就什么也不要说了。大概书不是专为学者预备的；那么，我可要多嘴了。

从我一生下来直到如今，没人盼望我成个学者；我永远喜欢服从多数人的意见。可是我爱念书。

书的种类很多，能和我有交情的可很少。我有决定念什么的全权；自幼儿我就会逃学，愣挨板子也不肯说我爱《三字经》和《百家姓》。对，《三字经》便可以代表一类——这类书，据我看，顶好在判了无期徒刑后去念，反正活着也没多大味儿。这类书可真不少，不知道为什么；也许是犯无期徒刑罪的太多；要不然便是太少——我自己就常想杀些写这类书的人。我可是还没杀过一个，一来是因为——我才明白过来——写这样书的人敢情有好些已经死了，比如写《尚书》的那位李二哥。二来是因为现在还有些人专爱念这类书，我不便得罪人太多了。顶好，我看是不管别人；我不爱念的就不动好了。好在，我爸爸没希望我成个学者。

第二类书也与咱无缘：书上满是公式，没有一个“然而”和“所以”。据说，这类书里藏着打开宇宙秘密的小金钥匙。我倒久想明白点真理，如地是圆的之类；可是这种书别扭，它老瞪着我。书不老老实实的当本书，瞪人干吗呀？我不能受这个气！有一回，一位朋友给我一本《相对论原理》，他说：明白这个就什么都明白了。我下了决心去念这本宝贝书。读了两个“配纸”，我遇上了一个公式。我跟它“相对”了两点多钟！往后边一看，公式还多了去啦！我知道和它们“相对”下去，它们也许不在乎，我还活着不呢？

可是我对这类书，老有点敬意。这类书和第一类有些不同，我看得出。第一类书不是没法懂，而是懂了以后使我更糊涂。以我现在的理解力——比上我七岁的时候，我现在满可以作圣人了——我能明白“人之初，性本善”。明白完了，紧跟着就糊涂了；昨儿个晚上，我还挨了小女儿——玫瑰唇的小天使——一个嘴巴。我知道这个小天使性本不善，她才两岁。第二类书根本就看不懂，可是人家的纸上没印着一句废话；懂不懂的，人家不闹玄虚，它瞪我，或者我是该瞪。我的心这么一软，便把它好好放在书架上；好打好散，别太伤了和气。

这要说到第三类书了。其实这不该算一类；就这么算吧，顺嘴。这类书是这样的：名气挺大，念过的人总不肯说它坏，没念过的人老怪害羞的说将要念。譬如说《元曲》，太炎“先生”的文章，罗马的悲剧，辛克莱的小说，《大公报》——不知是哪儿出版的一本书——都算在这类里，这些书我也都拿起来过，随手便又放下了。这里还就属那本《大公报》有点劲。我不害羞，永远不说将要念。好些书的广告与威风是很大的，我只能承认那些广告作得不错，谁管它威风不威风呢。

"类"还多着呢，不便再说；有上面的三项也就足以证明我怎样的不高明了。该说读的方法。

怎样读书，在这里，是个自决的问题；我说我的，没勉强谁跟我学。第一，我读书没系统。借着什么，买着什么，遇着什么，就读什么。不懂的放下，使我糊涂的放下，没趣味的放下，不客气。我不能叫书管着我。

第二，读得很快，而不记住。书要都叫我记住，还要书干吗？书应该记住自己。对我，最讨厌的发问是："那个典故是哪儿的呢？""那句书是怎么来着？"我永不回答这样的考问，即使我记得。我又不是印刷机器养的，管你这一套！

读得快，因为我有时候跳过几页去。不合我的意，我就练习跳远。书要是不服气的话，来跳我呀！看侦探小说的时候，我先看最后的几页，省事。

第三，读完一本书，没有批评，谁也不告诉。一告诉就糟："嘿，你读《啼笑因缘》？"要大家都不读《啼笑因缘》，人家写它干吗呢？一批评就糟："尊家这点意见？"我不惹气。读完一本书再打通儿架，不上算。我有我的爱与不爱，存在我自己心里。我爱念什么就念，有什么心得我自己知道，这是种享受，虽然显得自私一点。

再说呢，我读书似乎只要求一点灵感。"印象甚佳"便是好书，我没工夫去细细分析它，所以根本便不能批评。"印象甚佳"有时候并不是全书的，而是书中的一段最入我的味；因为这一段使我对这全书有了好感；其实这一段的美或者正足以破坏了全体的美，但是我不去管；有一段叫我喜欢两天的，我就感谢不尽。因此，设若我真去批评，大概是高明不了。

第四，我不读自己的书，不愿谈论自己的书。"儿子是自己的好"，我还不晓得，因为自己还没有过儿子。有个小女儿，女儿能不能代表儿子，就不得而知。“老婆是别人的好”，我也不敢加以拥护，特别是在家里。但是我准知道，书是别人的好。别人的书自然未必都好，可是至少给我一点我不知道的东西。自己的，一提都头疼！自己的书，和自己的运气，好像永远是一对儿累赘。

第五，哼，算了吧。

原载 1934 年 12 月《太白》第一卷第七期

写字

假若我是个洋鬼子，我一定也得以为中国字有趣。换个样儿说，一个中国人而不会写笔好字，必定觉得不是味儿；所以我常不得劲儿。

写字算不算一种艺术，和作官算不算革命，我都弄不清楚。我只知道好字看着顺眼。顺眼当然不一定就是美，正如我老看自己的鼻子顺眼而不能自居姓艺名术字子美。可是顺眼也不算坏事，还没有人因为鼻子长得顺眼而去投河。再说，顺眼也颇不容易；无论你怎样自居为宝玉，你的鼻子没有我的这么顺眼，就干脆没办法；我的鼻子是天生带来的，不是在医院安上的。说到写字，写一笔漂亮字儿，不容易。工夫，天才，都得有点。这两样，我都有，可就是没人求我写字，真叫人起急！

看着别人写，个儿是个儿，笔力是笔力，真馋得慌。尤其堵得慌的是看着人家往张先生或李先生那里送纸，还得作揖，说好话，甚至于请吃饭。没人理我。我给人家作揖，人家还把纸藏起去。写好了扇子，白送给人家，人家道完谢，去另换扇面。气死人不偿命，简直的是！

只有一个办法：遇上丧事必送挽联，遇上喜事必送红对，自己写。敢不挂，玩命！人家也知道这个，哪敢不挂？可是挂在什么地方就大有分寸了。我老得到不见阳光，或厕所附近，找我写的东西去。行一回人情总得头疼两天。

顶伤心的是我并不是不用心写呀。哼，越使劲越糟！纸是好纸，墨是好墨，笔是好笔，工具满对得起人。写的时候，焚上香，开开窗户，还先读读碑帖。一笔不苟，横平竖直；挂起来看吧，一串倭瓜，没劲！不是这个大那个小，就是歪着一个。行列有时像歪脖树，有时像曲线美。整齐自然不是美的要素；要命是个个字像傻蛋，怎么要俏怎么不行。纸算糟蹋远了去啦。要讲成绩的话，我就有一样好处，比别人糟蹋的纸多。

可是，“东风常向北，北风也有转南时”，我也出过两回风头。一回是在英国一个乡村里。有位英国朋友死了，因为在中国住过几年，所以留下遗言。墓碣上要几个中国字。我去吊丧，死鬼的太太就这么跟我一提。我晓得运气来了，登时包办下来；马上回伦敦取笔墨砚，紧跟着跑回去，当众开彩。全村子的人横是差不多都来了吧，只有我会写；我还告诉他们：我不仅是会写，而且写得好。写完了，我就给他们掰开揉碎的一讲，这笔有什么讲究，那笔有什么讲究。他们的眼睛都睁得圆圆的，眼珠里满是惊叹号。我一直痛快了半个多月。后来，我那几个字真刻在石头上了，一点也不瞎吹。“光荣是中国的，艺术之神多着一位。天上落下白米饭，小鬼儿啊啊的哭；因为仓颉泄露了天机！”我还记得作了这样高伟的诗。

第二回是在中国，这就更不容易了。前年我到远处去讲演。那里没有一个我的熟人。讲演完了，大家以为我很有学问，我就棍打腿的声明自己的学问很大，他们提什么我总知道，不知道的假装一笑，作为不便于说，他们简直不晓得我吃几碗干饭了，我更不便于告诉他们。提到写字，我又那么一笑。喝，不大会儿，玉版宣来了一堆。我差点乐疯了。平常老是自己买纸，这回我可捞着了！我也相信这次必能写得好：平常总是拿着劲，放不开胆，所以写得不自然；这次我给他个信马由缰，随笔写来，必有佳作。中堂，屏条，对联，写多了，直写了半天。写得确是不坏，大家也都说好。就是在我辞别的时候，我看出点毛病来：好些人跟招待我的人嘀咕，我很听见了几句："别叫这小子走！""那怎好意思？""叫他赔纸！""算了吧，他从老远来的。"……招待员总算懂眼，知道我确是卖了力气写的，所以大家没一定叫我赔纸；到如今我还以为这一次我的成绩顶好，从量上质上说都下得去。无论怎么说，总算我过了瘾。

我知道自己的字不行，可有一层，谁的孩子谁不爱呢！是不是，二哥？

原载 1934 年 12 月 16 日《论语》第五十五期

养花

我爱花，所以也爱养花。我可还没成为养花专家，因为没有工夫去作研究与试验。我只把养花当作生活中的一种乐趣，花开得大小好坏都不计较，只要开花，我就高兴。在我的小院中，到夏天，满是花草，小猫儿们只好上房去玩耍，地上没有它们的运动场。

花虽多，但无奇花异草。珍贵的花草不易养活，看着一棵好花生病欲死是件难过的事。我不愿时时落泪。北京的气候，对养花来说，不算很好。冬天冷，春天多风，夏天不是干旱就是大雨倾盆；秋天最好，可是忽然会闹霜冻。在这种气候里，想把南方的好花养活，我还没有那么大的本事。因此，我只养些好种易活、自己会奋斗的花草。

不过，尽管花草自己会奋斗，我若置之不理，任其自生自灭，它们多数还是会死了的。我得天天照管它们，像好朋友似的关切它们。一来二去，我摸着一些门道：有的喜阴，就别放在太阳地里；有的喜干，就别多浇水。这是个乐趣，摸住门道，花草养活了，而且三年五载老活着、开花，多么有意思呀！不是乱吹，这就是知识呀！多得些知识，一定不是坏事。

我不是有腿病吗，不但不利于行，也不利于久坐。我不知道花草们受我的照顾，感谢我不感谢；我可得感谢它们。在我工作的时候，我总是写了几十个字，就到院中去看看，浇浇这棵，搬搬那盆，然后回到屋中再写一点，然后再出去，如此循环，把脑力劳动与体力劳动结合到一起，有益身心，胜于吃药。要是赶上狂风暴雨或天气突变哪，就得全家动员，抢救花草，十分紧张。几百盆花，都要很快地抢到屋里去，使人腰酸腿疼，热汗直流。第二天，天气好转，又得把花儿都搬出去，就又一次腰酸腿疼，热汗直流。可是，这多么有意思呀！不劳动，连棵花儿也养不活，这难道不是真理么？

送牛奶的同志，进门就夸“好香”！这使我们全家都感到骄傲。赶到昙花开放的时候，约几位朋友来看看，更有秉烛夜游的神气——昙花总在夜里放蕊。花儿分根了，一棵分为数棵，就赠给朋友们一些；看着友人拿走自己的劳动果实，心里自然特别喜欢。

当然，也有伤心的时候，今年夏天就有这么一回。三百株菊秧还在地上（没到移入盆中的时候），下了暴雨。邻家的墙倒了下来，菊秧被砸死者约三十多种，一百多棵！全家都几天没有笑容！

有喜有忧，有笑有泪，有花有实，有香有色，既须劳动，又长见识，这就是养花的乐趣。

原载 1956 年 10 月 21 日《文汇报》

在乡下

虽然刚住了几天，我已经感到乡间的确可喜。在这生活困难的时候，谁也恐怕不能不一开口就谈到钱；在乡间住，第一个好处是可以省下几文。头发长了，须跑出十里八里去理；脚稍微一懒，就许延迟一个星期；头发长了些，可是袋儿里也沉重了些。洗澡，更谈不到。到极热的时候，可以下河；天不够热的时候，皮肤外有一层可以搓卷着玩的泥，也显着暖和而有趣。这就又省了一笔支出。没有卖鲜果，糖食，和点心的；这不但可以省了钱，而且自然的矫正了吃零食的坏习惯。衣服须自己洗，皮鞋须自己擦。路须自己走——没有洋车。就是有，也不能在田埂儿上走。

除了省钱，还另有好多的精神胜利：平剧、川剧全听不到了，但是可以自己唱。在大黄角树下，随意喊吧，除了多管闲事的狗向你叫几声外，不会有人来叫“倒好”的。话剧更看不到，可是自己可以写两本呀，有的是工夫！

书是不易得到的，但是偶然找来一本，绝不会像在城里时那样掀一掀就了事。在乡下，心里用不着惦记与朋友们定的约会，眼睛用不着时时的看表，于是，拿到一本书的时节，就可以愿意怎么读便怎么读；愿意把这几行读两遍，便读两遍；三遍就三遍；看那一行不大顺眼，便可以跟它辩论一番！这样，书仿佛就与人成了可以谈心的朋友，而不是书架上的摆设了。

院中有犬吠声，鸡鸭叫声，孩子哭声；院外有蛙声，鸟声，叱牛声，农人相呼声。但这些声音并不教你心中慌乱。到了夜间，便什么声音也没有；即使蛙还在唱，可是它们会把你唱入梦境里去。这几天，杜鹃特别的多，直到深夜还不住的啼唤；老想问问它们，三更半夜的唤些什么？这不是厌烦，而是有点相怜之意。

正在插秧的时候下了大雨，每个农人都面带喜色，水牛忙极了，却一点不慌，还是那么慢条斯理的，像有成竹在胸的样子。

晚上，油灯欠亮，蚊虫甚多；所以早早的就躲到帐子里去。早睡，所以就也早起。睡得定，睡得好，脸上就增加了一点肉——很不放心，说不一定还会变成胖子呢！

原载 1942 年 5 月 25 日重庆《大公报·战线》

观画记

看我们看不懂的事物，是很有趣的；看完而大发议论，更有趣。幽默就在这里。怎么说呢？去看我们不懂得的东西，心里自知是外行，可偏要装出很懂行的样子。譬如文盲看街上的告示，也歪头，也动嘴唇，也背着手；及至有人问他，告示上说的什么，他答以正在数字数。这足以使他自己和别人都感到笑的神秘，而皆大开心。看完再对人讲论一番便更有意思了。譬如文盲看罢告示，回家对老婆大谈政治，甚至因意见不同，而与老婆干起架来，则更热闹而紧张。

新年前，我去看王绍洛先生个人展览的西画。济南这个地方，艺术的空气不像北平那么浓厚。可是近来实在有起色，书画展览会一个接着一个的开起来。王先生这次个展是在十二月二十三日到二十五日。只要有图画看，我总得去看看。因为我对于图画是半点不懂，所以我必须去看，表示我的腿并不外行，能走到会场里去。一到会场，我很会表演。先在签到簿上写上姓名，写得个儿不小，以便引起注意而或者能骗碗茶喝。要作品目录，先数作品的号码，再看标价若干，而且算清价格的总积：假如作品都售出去，能发多大的财。我管这个叫作“艺术的经济”。然后我去看画。设若是中国画，我便靠近些看，细看笔道如何，题款如何，图章如何，裱的绫子厚薄如何。每看一项，或点点头，或摇摇首，好像要给画儿催眠似的。设若是西洋画，我便站得远些看，头部的运动很灵活，有时为看一处的光线，能把耳朵放在肩膀上，如小鸡蹭痒痒然。这看了一遍，已觉有点累得慌，就找个椅子坐下，眼睛还盯着一张画死看，不管画的好坏，而是因为它恰巧对着那把椅子。这样死盯，不久就招来许多人，都要看出这张图中的一点奥秘。如看不出，便转回头来看我，似欲领教者。我微笑不语，暂且不便泄露天机。如遇上熟人过来问，我才低声的说：“印象派，可还不到后期，至多也不过中期。”或是：“仿宋，还好；就是笔道笨些！”我低声的说，因为怕叫画家自己听见；他听不见呢，我得虎就虎，心中怪舒服的。

其实，什么叫印象派，我和印度的大象一样不懂。我自己的绘画本事限于画“你是王八”的王八，与平面的小人。说什么我也画不上来个偏脸的人，或有四条腿的椅子。可是我不因此而小看自己；鉴别图画的好坏，不能专靠“像不像”；图画是艺术的一支，不是照相。呼之为牛则牛，呼之为马则马；不管画的是什么，你总得“呼”它一下。这恐怕不单是我这样，有许多画家也是如此。我曾看见一位画家在纸上涂了几个黑蛋，而标题曰“群雏”。他大概是我的同路人。他既然能这么干，怎么我就不可以自视为天才呢？那么，去看图画；看完还要说说，是当然的。说得对与不对，我既不负责任，你干吗多管闲事？这不是很逻辑的说法吗？

我不认识王绍洛先生。可是很希望认识他。他画得真好。我说好，就是好，不管别人怎么说。我爱什么，什么就好，没有客观的标准。“客观”，顶不通。你不自己去看，而派一位代表去，叫作客观；你不自己去上电影院，而托你哥哥去看贾波林，叫作客观；都是傻事，我不这么干。我自己去看，而后说自己的话；等打架的时候，才找我哥哥来揍你。

王先生展览的作品：油画七十，素描二十四，木刻七。在量上说，真算不少。对于木刻，我不说什么。不管它们怎样好，反正我不喜爱它们。大概我是有点野蛮劲，爱花红柳绿，不爱黑地白空的东西。我爱西洋中古书籍上那种绘图，因为颜色鲜艳。一看黑漆的一片，我就觉得不好受。木刻，对于我，好像黑煤球上放着几个白元宵，不爱！有人给我讲过相对论，我没好意思不听，可是始终不往心里去；不论它怎样相对，反正我觉得它不对。对木刻也是如此，你就是说得天花乱坠，还是黑煤球上放白元宵。对于素描，也不爱看，不过瘾；七道子八道子的！

我爱那些画。特别是那些风景画。对于风景画，我爱水彩的和油的，不爱中国的山水。中国的山水，一看便看出是画家在那儿作八股，弄了些个起承转合，结果还是那一套。水彩与油画的风景真使我接近了自然，不但是景在那里，光也在那里，色也在那里，它们使我永远喜悦，不像中国山水画那样使我离开自然，而细看笔道与图章。这回对了我的劲，王先生的是油画。他的颜色用得真漂亮，最使我快活的是绿瓦上的那一层嫩绿——有光的那一块儿。他有不少张风景画，我因为看出了神，不大记得哪张是哪张了。我也不记得哪张太刺眼，这就是说都不坏，除了那张《汇泉浴场》似乎有点俗气。那张《断墙残壁》很好，不过着色太火气了些；我提出这个，为是证明他喜欢用鲜明的色彩。他是宜于画春夏景物的，据我看。他能画得干净而活泼；我就怕看抹布颜色的画儿。

关于人物，《难民》与《忏悔》是最惹人注意的。我不大爱那三口儿难民，觉得还少点憔悴的样子。我倒爱难民背后的设景：树，远远的是城，城上有云；城和难民是安定与漂流的对照，云树引起渺茫与穷无所归之感。《官邸与民房》也是用这个结构——至少是在立意上。最爱《忏悔》。裸体的男人，用手捧着头，头低着。全身没有一点用力的地方，而又没一点不在紧缩着，是忏悔。此外还有好几幅裸体人形，都不如这张可喜。永不喜看光身的大肿女人，不管在技术上有什么讲究，我是不爱看“河漂子”的。

花了两点钟的工夫，还能不说几句么？于是大发议论，大概是很臭。不管臭不臭吧，的确是很佩服王先生。这决不是捧场；他并没见着我，也没送给我一张画。我说他好歹，与他无关，或只足以露出我的臭味。说我臭，我也不怕，议论总是要发的。伟人们不是都喜欢大发议论么？

原载 1934 年 2 月《青年界》第五卷第二期

多鼠斋杂谈

一 戒 酒

并没有好大的量，我可是喜欢喝两杯儿。因吃酒，我交下许多朋友——这是酒的最可爱处。大概在有些酒意之际，说话作事都要比平时豪爽真诚一些，于是就容易心心相印，成为莫逆。人或者只在“喝了”之后，才会把专为敷衍人用的一套生活八股抛开，而敢露一点锋芒或“谬论”——这就减少了我脸上的俗气，看着红扑扑的，人有点样子！

自从在社会上作事至今的二十五六年中，虽不记得一共醉过多少次，不过，随便的一想，便颇可想起“不少”次丢脸的事来。所谓丢脸者，或者正是给脸上增光的事，所以我并不后悔。酒的坏处并不在撒酒疯，得罪了正人君子——在酒后还无此胆量，未免就太可怜了！酒的真正的坏处是它伤害脑子。

“李白斗酒诗百篇”是一位诗人赠另一位诗人的夸大的谀赞。据我的经验，酒使脑子麻木，迟钝，并不能增加思想产物的产量。即使有人非喝醉不能作诗，那也是例外，而非正常。在我患贫血病的时候，每喝一次酒，病便加重一些；未喝的时候若患头“昏”，喝过之后便改为“晕”了，那妨碍我写作！

对肠胃病更是死敌。去年，因医治肠胃病，医生严嘱我戒酒。从去岁十月到如今，我滴酒未入口。

不喝酒，我觉得自己像哑巴了：不会嚷叫，不会狂笑，不会说话！啊，甚至于不会活着了！可是，不喝也有好处，肠胃舒服，脑袋昏而不晕，我便能天天写一二千字！虽然不能一口气吐出百篇诗来，可是细水长流的写小说倒也保险；还是暂且不破戒吧！

二　戒　烟

戒酒是奉了医生之命，戒烟是奉了法弊的命令。什么？劣如“长刀”也卖百元一包？老子只好咬咬牙，不吸了！

从二十二岁起吸烟，至今已有一世纪的四分之一。这二十五年养成的习惯，一旦戒除可真不容易。

吸烟有害并不是戒烟的理由。而且，有一切理由，不戒烟是不成。戒烟凭一点“火儿”。那天，我只剩了一支“华丽”。一打听，它又涨了十块！三天了，它每天涨十块！我把这一支吸完，把烟灰碟擦干净，把洋火放在抽屉里。我“火儿”啦，戒烟！

没有烟，我写不出文章来。二十多年的习惯如此。这几天，我硬撑！我的舌头是木的，嘴里冒着各种滋味的水，嗓门子发痒，太阳穴微微的抽着疼！——顶要命的是脑子里空了一块！不过，我比烟要更厉害些：尽管你小子给我以各样的毒刑，老子要挺一挺给你看看！

毒刑夹攻之后，它派来会花言巧语的小鬼来劝导：“算了吧，也总算是个老作家了，何必自苦太甚！况且天气是这么热；要戒，等到秋凉，总比较的要好受一点呀！”

"去吧！魔鬼！老子的一百元就是不再买又霉、又臭、又硬、又伤天害理的纸烟！"

今天已是第六天了，我还撑着呢！长篇小说没法子继续写下去；谁管它！除非有人来说："我每天送你一包'骆驼'，或二十支'华福'，一直到抗战胜利为止！"我想我大概不会向"人头狗"和"长刀"什么的投降的！

三 戒　茶

我既已戒了烟酒而半死不活，因思莫若多加几种，爽性快快的死了倒也干脆。

谈再戒什么呢？

戒荤吗？根本用不着戒，与鱼不见面者已整整二年，而猪羊肉近来也颇疏远。还敢说戒？平价之米，偶尔有点油肉相佐，使我绝对相信肉食者"不鄙"！若只此而戒除之，则腹中全是平价米，而人也决变为平价人，可谓"鄙"矣！不能戒荤！

必不得已，只好戒茶。

我是地道中国人，咖啡、蔻蔻、汽水、啤酒，皆非所喜，而独喜茶。有一杯好茶，我便能万物静观皆自得。烟酒虽然也是我的好友，但它们都是男性的——粗莽，热烈，有思想，可也有火气——未若茶之温柔，雅洁，轻轻的刺激，淡淡的相依；茶是女性的。

我不知道戒了茶还怎样活着，和干吗活着。但是，不管我愿意不愿意，近来茶价的增高已教我常常起一身小鸡皮疙瘩！

茶本来应该是香的，可是现在卅元一两的香片不但不香，而且有一股子咸味！为什么不把咸蛋的皮泡泡来喝，而单去买咸茶呢？六十元一两的可以不出咸味，可也不怎么出香味，六十元一两啊！谁知道明天不就又涨一倍呢！

恐怕呀，茶也得戒！我想，在戒了茶以后，我大概就有资格到西方极乐世界去了——要去就抓早儿，别把罪受够了再去！想想看，茶也须戒！

四猫的早餐

多鼠斋的老鼠并不见得比别家的更多，不过也不比别处的少就是了。前些天，柳条包内，棉袍之上，毛衣之下，又生了一窝。

没法不养只猫子了，虽然明知道一买又要一笔钱，“养”也至少须费些平价米。

花了二百六十元买了只很小很丑的小猫来。我很不放心。单从身长与体重说，厨房中的老一辈的老鼠会一日咬两只这样的小猫的。我们用麻绳把咪咪拴好，不光是怕它跑了，而是怕它不留神碰上老鼠。

我们很怕咪咪会活不成的，它是那么瘦小，而且终日那么团着身哆哩哆嗦的。

人是最没办法的动物，而他偏偏爱看不起别的动物，替它们担忧。

吃了几天平价米和煮包谷，咪咪不但没有死，而且欢蹦乱跳的了。它是个乡下猫，在来到我们这里以前，它连米粒与包谷粒大概也没吃过。

我们总觉得有点对不起咪咪——没有鱼或肉给它吃，没有牛奶给它喝。猫是食肉动物，不应当吃素！

可是，这两天，咪咪比我们都要阔绰了；人才真是可怜虫呢！昨天，我起来相当的早，一开门咪咪骄傲的向我叫了一声，右爪按着个已半死的小老鼠。咪咪的旁边，还放着一大一小的两个死蛙——也是咪咪咬死的，而不屑于去吃，大概死蛙的味道不如老鼠的那么香美。

我怔住了，我须戒酒，戒烟，戒茶，甚至要戒荤，而咪咪——会有两只蛙，一只老鼠作早餐！说不定，它还许已先吃过两三个蚱蜢了呢！

五 最难写的文章

或问：什么文章最难写？

答：自己不愿意写的文章最难写。比如说：邻居二大爷年七十，无疾而终。二大爷一辈子吃饭穿衣，喝两杯酒，与常人无异。他没立过功，没立过言。他少年时是个连模样也并不惊人的少年，到老年也还是个平平常常的老人，至多，我只能说他是个安分守己的好公民。可是，文人的灾难来了！二大爷的儿子——大学毕业，现在官居某机关科员——送过来讣文，并且诚恳的请赐挽词。我本来有两句可以赠给一切二大爷的挽词："你死了不能再见，想起来好不伤心！"可是我不敢用它来搪塞二大爷的科员少爷，怕他说我有意侮辱他的老人。我必须另想几句——近邻，天天要见面，假若我决定不写，科员少爷会恼我一辈子的。可是，老天爷，我写什么呢？

在这很为难之际，我真佩服了从前那些专凭作挽诗寿序挣饭吃的老文人了！你看，还以二大爷这件事为例吧，差不多除了扯谎，我简直没法写出一个字。我得说二大爷天生的聪明绝顶，可是还"别"说他虽聪明绝顶，而并没著过书，没发明过什么东西，和他在算钱的时候总是脱了袜子的。是的，我得把别人的长处硬派给二大爷，而把二大爷的短处一字不题。这不是作诗或写散文，而是替死人来骗活人！我写不好这种文章，因为我不喜欢扯谎。

在挽诗与寿序等而外，就得算"九一八"，"双十"与"元旦"什么的最难写了。年年有个元旦，年年要写元旦，有什么好写呢？每逢接到报馆为元旦增刊征文的通知，我就想这样回复："死去吧！省得年年教我吃苦！"可是又一想，它死了岂不又须作挽联啊？于是只好按住心头之火，给它拼凑几句——这不是我作文章，而是文章作我！说到这里，相应提出"救救文人！"的口号，并且希望科员少爷与报馆编辑先生网开一面，叫小子多活两天！

六 最可怕的人

我最怕两种人：第一种是这样的——凡是他所不会的，别人若会，便是罪过。比如说：他自己写不出幽默的文字来，所以他把幽默文学叫作文艺的脓汁，而一切有幽默感的文人都该加以破坏抗战的罪过。他不下一番工夫去考查考查他所攻击的东西到底是什么，而只因为他自己不会，便以为那东西该死。这是最要不得的态度，我怕有这种态度的人，因为他只会破坏，对人对己都全无好处。假若他作公务员，他便只有忌妒，甚至因忌妒别人而自己去作汉奸；假若他是文人，他便也只会忌妒，而一天到晚浪费笔墨，攻击别人，且自鸣得意，说自己颇会批评——其实是扯淡！这种人乱骂别人，而自己永不求进步；他污秽了批评，且使自己的心里堆满了尘垢。

第二种是无聊的人。他的心比一个小酒盅还浅，而面皮比墙还厚。他无所知，而自信无所不知。他没有不会干的事，而一切都莫名其妙。他的谈话只是运动运动唇齿舌喉，说不说与听不听都没有多大关系。他还在你正在工作的时候来“拜访”。看你正忙着，他赶快就说，不耽误你的工夫。可是，说罢便安然坐下了——两个钟头以后，他还在那儿坐着呢！他必须谈天气，谈空袭，谈物价，而且随时给你教训：“有警报还是躲一躲好！”或是“到八月节物价还要涨！”他的这些话无可反驳，所以他会百说不厌，视为真理。我真怕这种人，他耽误了我的时间，而自杀了他的生命！

七 衣

对于英国人，我真佩服他们的穿衣服的本领。一个有钱的或善交际的英国人，每天也许要换三四次衣服。开会，看赛马，打球，跳舞……都须换衣服。据说，有人曾因穿衣脱衣的麻烦而自杀。我想这个自杀者并不是英国人。英国人的忍耐性使他们不会厌烦“穿”和“脱”，更不会使他们因此而自杀。

我并不反对穿衣要整洁，甚至不反对衣服要漂亮美观。可是，假若教我一天换几次衣服，我是也会自杀的。想想看，系钮扣解钮扣，是多么无聊的事！而钮扣又是那么多，那么不灵敏，那么不起好感，假若一天之中解了又系，系了再解，至数次之多，谁能不感到厌世呢！

在抗战数年中，生活是越来越苦了。既要抗战，就必须受苦，我决不怨天尤人。再进一步，若能从苦中求乐，则不但可以不出怨言，而且可以得到一些兴趣，岂不更好呢！在衣食住行人生四大麻烦中，食最不易由苦中求乐，菜根香一定香不过红烧蹄膀！菜根使我贫血；“狮子头”却使我壮如雄狮！

住和行虽然不像食那样一点不能将就，可是也不会怎样苦中生乐。三伏天住在火炉子似的屋内，或金鸡独立的在汽车里挤着，我都想掉泪，一点也找不出乐趣。

只有穿的方面，一个人确乎能由苦中找到快活。七七抗战后，由家中逃出，我只带着一件旧夹袍和一件破皮袍，身上穿着一件旧棉袍。这三袍不够四季用的，也不够几年用的。所以，到了重庆，我就添置衣裳。主要的是灰布制服。这是一种“自来旧”的布作成的，一下水就一蹶不振，永远难看。吴组缃先生名之为斯文扫地的衣服。可是，这种衣服给我许多方便——简直可以称之为享受！我可以穿着裤子睡觉，而不必担心裤缝直与不直；它反正永远不会直立。我可以不必先看看座位，再去坐下；我的宝裤不怕泥土污秽，它原是自来旧。雨天走路，我不怕汽车。晴天有空袭，我的衣服的老鼠皮色便是伪装。这种衣服给我舒适，因而有亲切之感。它和我好像多年的老夫妻，彼此有完全的了解，没有一点隔膜。

我希望抗战胜利之后，还老穿着这种困难衣，倒不是为省钱，而是为舒服。

八　行

朋友们屡屡函约进城，始终不敢动。“行”在今日，不是什么好玩的事。看吧，从北碚到重庆第一就得出“挨挤费”一千四百四十元。所谓挨挤费者就是你须到车站去“等”，等多少时间？没人能告诉你。幸而把车等来，你还得去挤着买票，假若你挤不上去，那是你自己的无能，只好再等。幸而票也挤到手，你就该到车上去挨挤。这一挤可厉害！你第一要证明了你的确是脊椎动物，无论如何你都能直挺挺的立着。第二，你须证明在进化论中，你确是猴子变的，所以现在你才嘴手脚并用，全身紧张而灵活，以免被挤成像四喜丸子似的一堆肉。第三，你须有“保护皮”，足以使你全身不怕伞柄，胳臂肘，脚尖，车窗，等等的戳、碰、刺、钩；否则你会遍体鳞伤。第四，你须有不中暑发痧的把握，要有不怕把鼻子伸在有狐臭的腋下而不能动的本事……你须备有的条件太多了，都是因为你喜欢交那一千四百多元的挨挤费！

我头昏，一挤就有变成爬虫的可能，所以，我不敢动。

再说，在重庆住一星期，至少花五六千元；同时，还得耽误一星期的写作；两面一算，使我胆寒！

以前，我一个人在流亡，一人吃饱便天下太平，所以东跑西跑，一点也不怕赔钱。现在，家小在身边，一张嘴便是五六个嘴一齐来，于是嘴与胆子乃适成反比，嘴越多，胆子越小！

重庆的人们哪，设法派小汽车来接呀，否则我是不会去看你们的。你们还得每天给我们一千元零花。烟、酒都无须供给，我已戒了。啊，笑话是笑话，说真的，我是多么想念你们，多么渴望见面畅谈呀！

九 狗

中国狗恐怕是世界上最可怜最难看的狗。此处之“难看”并不指狗种而言，而是与“可怜”密切相关。无论狗的模样身材如何，只要喂养得好，它便会长得肥肥胖胖的，看着顺眼。中国人穷。人且吃不饱，狗就更提不到了。因此，中国狗最难看；不是因为它长得不体面，而是因为它骨瘦如柴，终年夹着尾巴。

每逢我看见被遗弃的小野狗在街上寻找粪吃，我便要落泪。我并非是爱作伤感的人，动不动就要哭一鼻子。我看见小狗的可怜，也就是感到人民的贫穷。民富而后猫狗肥。

中国人动不动就说：我们地大物博。那也就是说，我们不用着急呀，我们有的是东西，永远吃不完喝不尽哪！哼，请看看你们的狗吧！

还有：狗虽那么摸不着吃，（外国狗吃肉，中国狗吃粪；在动物学上，据说狗本是食肉兽的。）那么随便就被人踢两脚，打两棍，可是它们还照旧的替人们服务。尽管它们饿成皮包着骨，尽管它们刚被主人踹了两脚，它们还是极忠诚的去尽看门守夜的责任。狗永远不嫌主人穷。这样的动物理应得到人们的赞美，而忠诚，义气，安贫，勇敢，等等好字眼都该归之于狗。可是，我不晓得为什么中国人不分黑白的把汉奸与小人叫作走狗，倒仿佛狗是不忠诚不义气的动物。我为狗喊冤叫屈！

猫才是好吃懒作，有肉即来，无食即去的东西。洋奴与小人理应被叫作“走猫”。

或者是因为狗的脾气好，不像猫那样傲慢，所以中国人不说“走猫”而说“走狗”？假若真是那样，我就又觉得人们未免有点“软的欺，硬的怕”了！

不过，也许有一种狗，学名叫作“走狗”；那我还不大清楚。

十帽

在七七抗战后，从家中跑出来的时候，我的衣服虽都是旧的，而一顶呢帽却是新的。那是秋天在济南花了四元钱买的。

二十八年随慰劳团到华北去，在沙漠中，一阵狂风把那顶呢帽刮去，我变成了无帽之人。假若我是在四川，我便不忙于去再买一顶——那时候物价已开始要张开翅膀。可是，我是在北方，天已常常下雪，我不可一日无帽。于是，在宁夏，我花了六元钱买了一顶呢帽。在战前它公公道道的值六角钱。这是一顶很顽皮的帽子。它没有一定的颜色，似灰非灰，似紫非紫，似赭非赭，在阳光下，它仿佛有点发红，在暗处又好似有点绿意。我只能用“五光十色”去形容它，才略为近似。它是呢帽，可是全无呢意。我记得呢子是柔软的，这顶帽可是非常的坚硬，用指一弹，它噹噹的响。这种不知何处制造的硬呢会把我的脑门儿勒出一道小沟，使我很不舒服；我须时时摘下帽来，教脑袋休息一下！赶到淋了雨的时候，它就完全失去呢性，而变成铁筋洋灰的了。因此，回到重庆以后，我总是能不戴它就不戴；一看见它我就有点害怕。

因为怕它，所以我在白象街茶馆与友摆龙门阵之际，我又买了一顶毛织的帽子。这一顶的确是软的，软得可以折起来，我很高兴。

不幸，这高兴又是短命的。只戴了半个钟头，我的头就好像发了火，痒得很。原来它是用野牛毛织成的。它使脑门热得出汗，而后用那很硬的毛儿刺那张开的毛孔！这不是戴帽，而是上刑！

把这顶野牛毛帽放下，我还是得戴那顶铁筋洋灰的呢帽。经雨淋、汗沤、风吹、日晒，到了今年，这顶硬呢帽不但没有一定的颜色，也没有一定的样子了——可是永远不美观。每逢戴上它，我就躲着镜子；我知道我一看见它就必有斯文扫地之感！

前几天，花了一百五十元把呢帽翻了一下。它的颜色竟自有了固定的倾向，全体都发了红。它的式样也因更硬了一些而暂时有了归宿，它的确有点帽子样儿了！它可是更硬了，不留神，帽檐碰在门上或硬东西上，硬碰硬，我的眼中就冒了火花！等着吧，等到抗战胜利的那天，我首先把它用剪子铰碎，看它还硬不硬！

十一 昨　天

昨天一整天不快活。老下雨，老下雨，把人心都好像要下湿了！

有人来问往哪儿跑？答以：嘉陵江没有盖儿。邻家聘女。姑娘有二十二三岁，不难看。来了一顶轿子，她被人从屋中掏出来，放进轿中；轿夫抬起就走。她大声的哭。没有锣鼓。轿子就那么哭着走了。看罢，我想起幼时在鸟市上买鸟。贩子从大笼中抓出鸟来，放在我的小笼中，鸟尖锐的叫。

黄狼夜间将花母鸡叼去。今午，孩子们在山坡后把母鸡找到。脖子上咬烂，别处都还好。他们主张还炖一炖吃了。我没拦阻他们，乱世，鸡也该死两道的！

头总是昏。一友来，又问：“何以不去打补针？”我笑而不答，心中很生气。

正写稿子，友来。我不好让他坐。他不好意思坐下，又不好意思马上就走。中国人总是过度的客气。

友人函告某人如何，某事如何，即答以：“大家肯把心眼放大一些，不因事情不尽合己意而即指为恶事，则人世纠纷可减半矣！”发信后，心中仍在不快。

长篇小说越写越不像话，而索短稿者且多，颇郁郁！

晚间屋冷话少，又戒了烟，呆坐无聊，八时即睡。这是值得记下来的一天——没有一件痛快事！在这样的日子，连一句漂亮的话也写不出！为什么我们没有伟大的作品哪？哼，谁知道！

十二 傻　子

在民间的故事与笑话里，有许多许多是讲兄弟三个，或姐妹三个，或盟兄弟三个，或女婿三个；第三个必定是傻子，而傻子得到最后的胜利。据说这种结构的公式是世界性的，世界各处都有这样的故事与笑话。为什么呢？因为人们是同情于弱者的。三弟三妹三女婿既最幼，又最傻，所以必须胜利。

和许多别种民间故事与笑话的含义一样，这种同情弱者的表示可也许是“夫子自道也”，这就是说：人民有一肚子委屈而无处去诉，就只好想象出一位“臣包文正”，或北侠欧阳春来，给他们撑一撑腰，吐一口气。同样的，他们制造出弱者胜利的故事与笑话，也是为了自慰；故事与笑话中的傻子就是他们自己。他们自己既弱且愚，可是他们讽刺了那有势力，有钱财，与有学问的人，他们感到胜利。

可是，这种讽刺的胜利到底是否真正的胜利，就不大好说。假若胜利必须是精神上的呢，他们大概可以算得了胜。反之，精神胜利若因无补于实际而算不得胜利，那就不大好办了。

在我们的民间，这种傻子胜利的故事与笑话似乎比哪一国都多。我不知道，我应当庆祝他们已经得到胜利，还是应当把我的“怪难过的”之感告诉给他们。

原载 1944 年 9 月 1、9、15、23 日，11 月 5、11、15、20 日，12 月 10、15、19、24 日《新民报晚刊·西方夜谈》

天地在我的
每一思念中

我所爱的不是枝枝节节的一些什么，而是整个儿与我的心灵相粘合的一段历史，一大块地方，多少风景名胜，都积凑到一块，每一小的事件中有个我，我的每一思念中有个北平，这只有说不出而已。

想北平

设若让我写一本小说，以北平作背景，我不至于害怕，因为我可以捡着我知道的写，而躲开我所不知道的。让我单摆浮搁的讲一套北平，我没办法。北平的地方那么大，事情那么多，我知道的真觉太少了，虽然我生在那里，一直到二十七岁才离开。以名胜说，我没到过陶然亭，这多可笑！以此类推，我所知道的那点只是“我的北平”，而我的北平大概等于牛的一毛。

可是，我真爱北平。这个爱几乎是要说而说不出的。我爱我的母亲。怎样爱？我说不出。在我想作一件事讨她老人家喜欢的时候，我独自微微的笑着；在我想到她的健康而不放心的时候，我欲落泪。言语是不够表现我的心情的，只有独自微笑或落泪才足以把内心揭露在外面一些来。我之爱北平也近乎这个。夸奖这个古城的某一点是容易的，可是那就把北平看得太小了。我所爱的北平不是枝枝节节的一些什么，而是整个儿与我的心灵相粘合的一段历史，一大块地方，多少风景名胜，从雨后什刹海的蜻蜓一直到我梦里的玉泉山的塔影，都积凑到一块，每一小的事件中有个我，我的每一思念中有个北平，这只有说不出而已。

真愿成为诗人，把一切好听好看的字都浸在自己的心血里，像杜鹃似的啼出北平的俊伟。啊！我不是诗人！我将永远道不出我的爱，一种像由音乐与图画所引起的爱。这不但是辜负了北平，也对不住我自己，因为我的最初的知识与印象都得自北平，它是在我的血里，我的性格与脾气里有许多地方是这古城所赐给的。我不能爱上海与天津，因为我心中有个北平。可是我说不出来！

伦敦，巴黎，罗马与堪司坦丁堡[①]，曾被称为欧洲的四大“历史的都城”。我知道一些伦敦的情形；巴黎与罗马只是到过而已；堪司坦丁堡根本没有去过。就伦敦，巴黎，罗马来说，巴黎更近似北平——虽然“近似”两字要拉扯得很远——不过，假使让我“家住巴黎”，我一定会和没有家一样的感到寂苦。巴黎，据我看，还太热闹。自然，那里也有空旷静寂的地方，可是又未免太旷；不像北平那样既复杂而又有个边际，使我能摸着——那长着红酸枣的老城墙！面向着积水潭，背后是城墙，坐在石上看水中的小蝌蚪或苇叶上的嫩蜻蜓，我可以快乐的坐一天，心中完全安适，无所求也无可怕，像小儿安睡在摇篮里。是的，北平也有热闹的地方，但是它和太极拳相似，动中有静。巴黎有许多地方使人疲乏，所以咖啡与酒是必要的，以便刺激；在北平，有温和的香片茶就够了。

论说巴黎的布置已比伦敦罗马匀调的多了，可是比上北平还差点事儿。北平在人为之中显出自然，几乎是什么地方既不挤得慌，又不太僻静：最小的胡同里的房子也有院子与树；最空旷的地方也离买卖

① 现通常译作君士坦丁堡或康斯坦丁堡。

街与住宅区不远。这种分配法可以算——在我的经验中——天下第一了。北平的好处不在处处设备得完全，而在它处处有空儿，可以使人自由的喘气；不在有好些美丽的建筑，而在建筑的四围都有空闲的地方，使它们成为美景。每一个城楼，每一个牌楼，都可以从老远就看见。况且在街上还可以看见北山与西山呢！

好学的，爱古物的，人们自然喜欢北平，因为这里书多古物多。我不好学，也没钱买古物。对于物质上，我却喜爱北平的花多菜多果子多。花草是种费钱的玩艺，可是此地的“草花儿”很便宜，而且家家有院子，可以花不多的钱而种一院子花，即使算不了什么，可是到底可爱呀。墙上的牵牛，墙根的靠山竹与草茉莉，是多么省钱省事而也足以招来蝴蝶呀！至于青菜，白菜，扁豆，毛豆角，黄瓜，菠菜等等，大多数是直接由城外担来而送到家门口的。雨后，韭菜叶上还往往带着雨时溅起的泥点。青菜摊子上的红红绿绿几乎有诗似的美丽。果子有不少是由西山与北山来的，西山的沙果，海棠，北山的黑枣，柿子，进了城还带着一层白霜儿呀！哼，美国的橘子包着纸；遇到北平的带霜儿的玉李，还不愧杀！

是的，北平是个都城，而能有好多自己产生的花，菜，水果，这就使人更接近了自然。从它里面说，它没有像伦敦的那些成天冒烟的工厂；从外面说，它紧连着园林，菜圃与农村。采菊东篱下，在这里，确是可以悠然见南山的；大概把“南”字变个“西”或“北”，也没有多少了不得的吧。像我这样的一个贫寒的人，或者只有在北平能享受一点清福了。

好，不再说了吧；要落泪了，真想念北平呀！

原载1936年6月16日《宇宙风》第十九期

春来忆广州

我爱花。因气候、水土等等关系，在北京养花，颇为不易。冬天冷，院里无法摆花，只好都搬到屋里来。每到冬季，我的屋里总是花比人多。形势逼人！屋中养花，有如笼中养鸟，即使用心调护，也养不出个样子来。除非特建花室，实在无法解决问题。我的小院里，又无隙地可建花室！

一看到屋中那些半病的花草，我就立刻想起美丽的广州来。去年春节后，我不是到广州住了一个月吗？哎呀，真是了不起的好地方！人极热情，花似乎也热情！大街小巷，院里墙头，百花齐放，欢迎客人，真是“交友看花在广州”啊！

在广州，对着我的屋门便是一株象牙红，高与楼齐，盛开着一丛丛红艳夺目的花儿，而且经常有些很小的小鸟，钻进那朱红的小“象牙”里，如蜂采蜜。真美！只要一有空儿，我便坐在阶前，看那些花与小鸟。在家里，我也有一棵象牙红，可是高不及三尺，而且是种在盆子里。它入秋即放假休息，入冬便睡大觉，且久久不醒，直到端阳左右，它才开几朵先天不足的小花，绝对没有那种秀气的小鸟作伴！现在，它正在屋角打盹，也许跟我一样，正想念它的故乡广东吧？

春天到来，我的花草还是不易安排：早些移出去吧，怕风霜侵犯；不搬出去吧，又都发出细条嫩叶，很不健康。这种细条子不会长出花来。看着真令人焦心！

好容易盼到夏天，花盆都运至院中，可还不完全顺利。院小，不透风，许多花儿便生了病。特别由南方来的那些，如白玉兰、栀子、茉莉、小金橘、茶花……也不怎么就叶落枝枯，悄悄死去。因此，我打定主意，在买来这些比较娇贵的花儿之时，就认为它们不能长寿，尽到我的心，而又不作幻想，以免枯死的时候落泪伤神。同时，也多种些叫它死也不肯死的花草，如夹竹桃之类，以期老有些花儿看。

夏天，北京的阳光过暴，而且不下雨则已，一下就是倾盆倒海而来，势不可当，也不利于花草的生长。

秋天较好。可是忽然一阵冷风，无法预防，娇嫩些的花儿就受了重伤。于是，全家动员，七手八脚，往屋里搬呀！各屋里都挤满了花盆，人们出来进去都须留神，以免绊倒！

真羡慕广州的朋友们，院里院外，四季有花，而且是多么出色的花呀！白玉兰高达数丈，干子比我的腰还粗！英雄气概的木棉，昂首天外，开满大红花，何等气势！就连普通的花儿，四季海棠与绣球什么的，也特别壮实，叶茂花繁，花小而气魄不小！看，在冬天，窗外还有结实累累的木瓜呀！真没法儿比！一想起花木，也就更想念朋友们！朋友们，快作几首诗来吧，你们的环境是充满了诗意的呀！

春节到了，朋友们，祝你们花好月圆人长寿，新春愉快，工作顺利！

原载1963年1月25日《羊城晚报》

春风

济南与青岛是多么不相同的地方呢！一个设若比作穿肥袖马褂的老先生，那一个便应当是摩登的少女。可是这两处不无相似之点。拿气候说吧，济南的夏天可以热死人，而青岛是有名的避暑所在；冬天，济南也比青岛冷。但是，两地的春秋颇有点相同。济南到春天多风，青岛也是这样；济南的秋天是长而晴美，青岛亦然。

对于秋天，我不知应爱哪里的：济南的秋是在山上，青岛的是海边。济南是抱在小山里的；到了秋天，小山上的草色在黄绿之间，松是绿的，别的树叶差不多都是红与黄的。就是那没树木的山上，也增多了颜色——日影、草色、石层，三者能配合出种种的条纹，种种的影色。配上那光暖的蓝空，我觉到一种舒适安全，只想在山坡上似睡非睡的躺着，躺到永远。青岛的山——虽然怪秀美——不能与海相抗，秋海的波还是春样的绿，可是被清凉的蓝空给开拓出老远，平日看不见的小岛清楚的点在帆外。这远到天边的绿水使我不愿思想而不得不思想；

一种无目的的思虑，要思虑而心中反倒空虚了些。济南的秋给我安全之感，青岛的秋引起我甜美的悲哀。我不知应当爱哪个。

两地的春可都被风给吹毁了。所谓春风，似乎应当温柔，轻吻着柳枝，微微吹皱了水面，偷偷的传送花香，同情的轻轻掀起禽鸟的羽毛。济南与青岛的春风都太粗猛。济南的风每每在丁香海棠开花的时候把天刮黄，什么也看不见，连花都埋在黄暗中。青岛的风少一些沙土，可是狡猾，在已很暖的时节忽然来一阵或一天的冷风，把一切都送回冬天去，棉衣不敢脱，花儿不敢开，海边翻着愁浪。

两地的风都有时候整天整夜的刮。春夜的微风送来雁叫，使人似乎多些希望。整夜的大风，门响窗户动，使人不英雄的把头埋在被子里；即使无害，也似乎不应该如此。对于我，特别觉得难堪。我生在北方，听惯了风，可也最怕风。听是听惯了，因为听惯才知道那个难受劲儿。它老使我坐卧不安，心中游游摸摸的，干什么不好，不干什么也不好。它常常打断我的希望：听见风响，我懒得出门，觉得寒冷，心中渺茫。春天仿佛应当有生气，应当有花草，这样的野风几乎是不可原谅的！我倒不是个弱不禁风的人，虽然身体不很足壮。我能受苦，只是受不住风。别种的苦处，多少是在一个地方，多少有个原因，多少可以设法减除；对风是干没办法。总不在一个地方，到处随时使我的脑子晃动，像怒海上的船。它使我说不出为什么苦痛，而且没法子避免。它自由的刮，我死受着苦。我不能和风去讲理或吵架。单单在春天刮这样的风！可是跟谁讲理去呢？苏杭的春天应当没有这不得人心的风吧？我不准知道，而希望如此。好有个地方去“避风”呀！

原载 1935 年 3 月 24 日《益世报·益世小品》

五月的青島

因为青岛的节气晚，所以樱花照例是在四月下旬才能盛开。樱花一开，青岛的风雾也挡不住草木的生长了。海棠，丁香，桃，梨，苹果，藤萝，杜鹃，都争着开放，墙角路边也都有了嫩绿的叶儿。五月的岛上，到处花香，一清早便听见卖花声。公园里自然无须说了，小蝴蝶花与桂竹香们都在绿草地上用它们的娇艳的颜色结成十字，或绣成几团；那短短的绿树篱上也开着一层白花，似绿枝上挂了一层春雪。就是路上两旁的人家也少不得有些花草：围墙既矮，藤萝往往顺着墙把花穗儿悬在院外，散出一街的香气：那双樱，丁香，都能在墙外看到，双樱的明艳与丁香的素丽，真是足以使人眼明神爽。

山上有了绿色，嫩绿，所以把松柏们比得发黑了一些。谷中不但填满了绿色，而且颇有些野花，有一种似紫荆而色儿略略发蓝的，折来很好插瓶。

青岛的人怎能忘下海呢。不过，说也奇怪，五月的海就仿佛特别的绿，特别的可爱，也许是因为人们心里痛快吧？看一眼路旁的绿叶，再看一眼海，真的，这才明白了什么叫作“春深似海”。绿，鲜绿，浅绿，深绿，黄绿，灰绿，各种的绿色，联接着，交错着，变化着，波动着，一直绿到天边，绿到山脚，绿到渔帆的外边去。风不凉，浪不高，船缓缓的走，燕低低的飞，街上的花香与海上的咸味混到一处，浪漾在空中，水在面前，而绿意无限，可不是，春深似海！欢喜，要狂歌，要跳入水中去，可是只能默默无言，心好像飞到天边上那将将能看到的小岛上去，一闭眼仿佛还看见一些桃花。人面桃花相映红，必定是在那小岛上。

这时候，遇上风与雾便还须穿上棉衣，可是有一天忽然响晴，夹衣就正合适。但无论怎说吧，人们反正都放了心——不会大冷了，不会。妇女们最先知道这个，早早的就穿出利落的新装，而且决定不再脱下去。海岸上，微风吹动少女们的发与衣，何必再去到电影园中找那有画意的景儿呢！这里是初春浅夏的合响，风里带着春寒，而花草山水又似初夏，意在春而景如夏，姑娘们总先走一步，迎上前去，跟花们竞争一下，女性的伟大几乎不是颓废诗人所能明白的。

人似乎随着花草都复活了，学生们特别的忙：换制服，开运动会，到崂山丹山旅行，服劳役。本地的学生忙，别处的学生也来参观，几个，几十，几百，打着旗子来了，又成着队走开，男的，女的，先生，学生，都累得满头是汗，而仍不住的向那大海丢眼。学生以外，该数小孩最快活，笨重的衣服脱去，可以到公园跑跑了；一冬天不见猴子了，现在又带着花生去喂猴子，看鹿。拾花瓣，在草地上打滚；妈妈说了，过几天还有大红樱桃吃呢！

马车都新油饰过，马虽依然清瘦，而车辆体面了许多，好作一夏天的买卖呀。新油过的马车穿过街心，那专作夏天的生意的咖啡馆，酒馆，旅社，饮冰室，也找来油漆匠，扫去灰尘，油饰一新。油漆匠在交手上忙，路旁也增多了由各处来的舞女。预备呀，忙碌呀，都红着眼等着那避暑的外国战舰与各处的阔人。多咱浴场上有了人影与小艇，生意便比花草还茂盛呀。到那时候，青岛几乎不属于青岛的人了，谁的钱多谁更威风，汽车的眼是不会看山水的。

那么，且让我们自己尽量的欣赏五月的青岛吧！

原载 1937 年 6 月 16 日《宇宙风》第四十三期

林 海

这说的是大兴安岭。自幼就在地理课本上见到过这个山名，并且记住了它，或者是因为“大兴安岭”四个字的声音既响亮，又含有兴国安邦的意思吧。是的，这个悦耳的名字使我感到亲切、舒服。可是，那个“岭”字出了点岔子：我总以为它是奇峰怪石，高不可攀的。这回，有机会看到它，并且进到原始森林里边去，脚落在千年万年积累的几尺厚的松针上，手摸到那些古木，才真的证实了那种亲切与舒服并非空想。

对了，这个“岭”字，可跟秦岭的“岭”字不大一样。岭的确很多，高点的，矮点的，长点的，短点的，横着的，顺着的，可是没有一条使人想起“云横秦岭”那种险句。多少条岭啊，在疾驰的火车上看了几个钟头，既看不完，也看不厌。每条岭都是那么温柔，虽然下自山脚，上至岭顶，长满了珍贵的林木，可是谁也不孤峰突起，盛气凌人。

目之所及，哪里都是绿的。的确是林海。群岭起伏是林海的波浪。

多少种绿颜色呀：深的，浅的，明的，暗的，绿得难以形容，绿得无以名之。我虽诌了两句："高岭苍茫低岭翠，幼林明媚母林幽"，但总觉得离眼前实景还相差很远。恐怕只有画家才能够写下这么多的绿颜色来吧？

兴安岭上千般宝，第一应夸落叶松。是的，这是落叶松的海洋。看，"海"边上不是还有些白的浪花吗？那是些俏丽的白桦，树干是银白色的。在阳光下，一片青松的边沿，闪动着白桦的银裙，不像海边上的浪花么？

两山之间往往流动着清可见底的溪河，河岸上有多少野花呀。我是爱花的人，到这里我却叫不出那些花的名儿来。兴安岭多么会打扮自己呀：青松作衫，白桦为裙，还穿着绣花鞋呀。连树与树之间的空隙也不缺乏色彩：在松影下开着各种的小花，招来各色的小蝴蝶——它们很亲热地落在客人的身上。花丛里还隐藏着像珊瑚珠似的小红豆，兴安岭中酒厂所造的红豆酒就是用这些小野果酿成的，味道很好。

就凭上述的一些风光，或者已经足以使我们感到兴安岭的亲切可爱了。还不尽然：谁进入岭中，看到那数不尽的青松白桦，能够不马上向四面八方望一望呢？有多少省份用过这里的木材呀！大至矿井、铁路，小至桌椅、椽柱，有几个省市的建设与兴安岭完全没有关系呢？这么一想，"亲切"与"舒服"这种字样用来就大有根据了。所以，兴安岭越看越可爱！是的，我们在图画中或地面上看到奇山怪岭，也会发生一种美感，可是，这种美感似乎是起于惊异与好奇。兴安岭的可爱，就在于它美得并不空洞。它的千山一碧，万古长青，又恰好与广厦、良材联系起来。于是，它的美丽就与建设结为一体，不仅使我们拍掌称奇，而且叫心中感到温暖，因而亲切、舒服。

哎呀，是不是误投误撞跑到美学问题上来了呢？假若是那样，我想：把美与实用价值联系起来，也未必不好。我爱兴安岭，也更爱兴安岭与我们生活上的亲切关系。它的美丽不是孤立的，而是与我们的建设分不开的。它使不远千里而来的客人感到应当爱护它，感谢它。

及至看到林场，这种亲切之感便更加深厚了。我们伐木取材，也造林护树，左手砍，右手栽。我们不仅取宝，也作科学研究，使林海不但能够万古长青，而且百计千方，综合利用。山林中已有了不少的市镇，给兴安岭添上了新的景色，添上了愉快的劳动歌声。人与山的关系日益密切，怎能够使我们不感到亲切、舒服呢？我不晓得当初为什么管它叫作兴安岭，由今天看来，它的确含有兴国安邦的意义了。

节选自《内蒙风光》

原载1961年10月13日《人民日报》

立秋后

去年来青岛，已是秋天。秋水秋山，红楼黄叶，自是另一番风味；虽未有见到夏日的热闹，可是秋夜听潮，或海岸独坐，亦足畅怀。

秋去冬来，野风横吹，湿冷入骨；日落以后，市上海滨俱少行人；未免觉得寂苦。

春到甚迟，直到樱花开了，才能撤去火炉，户外活动渐渐增多，可是春假里除了崂山旅行，也还想不出更好的办法。

六七月之间才真看到青岛的光荣，尤其是初次看到，更觉得有点了不得。可是一两星期过去，又仿佛没有什么了：士女是为避暑而来，自然表现着许多洋习气，以言文化，乃在蔻丹指甲与新奇浴衣之间，所谓浪漫，亦不过买票跳舞，喝冷咖啡而已。闭户休息，寂寞不减于冬令，自叹命薄福浅！

有一件事是可喜的，即夏日有会友的机会。别已三年五载，忽然相值，相与话旧，真一乐事。再说呢，一向糊口四方，到处受友人的招待，今则反客为主，略尽地主之谊，也能更明白些交友的道理。况且此地是世外桃源，平日少见寡闻，于今各处朋友带来各处消息，心泉渐活，又回到人间，不复梦梦。

立秋以后，别处天气渐凉，此地反倒热起来；朋友们逐渐走去，车站码头送别，“明夏再来呀！”能不黯然销魂！

原载 1935 年 8 月 18 日《青岛民报·避暑录话》

大明湖之春

北方的春本来就不长，还往往被狂风给七手八脚的刮了走。济南的桃李丁香与海棠什么的，差不多年年被黄风吹得一干二净，地暗天昏，落花与黄沙卷在一处，再睁眼时，春已过去了！记得有一回，正是丁香乍开的时候，也就是下午两三点钟吧，屋中就非点灯不可了；风是一阵比一阵大，天色由灰而黄，而深黄，而黑黄，而漆黑，黑得可怕。第二天去看院中的两株紫丁香，花已像煮过一回，嫩叶几乎全破了！济南的秋冬，风倒很少，大概都留在春天刮呢。

有这样的风在这儿等着，济南简直可以说没有春天；那么，大明湖之春更无从说起。

济南的三大名胜，名字都起得好：千佛山，趵突泉，大明湖，都多么响亮好听！一听到“大明湖”这三个字，便联想到春光明媚和湖光山色等等，而心中浮现出一幅美景来。事实上，可是，它既不大，又不明，也不湖。

湖中现在已不是一片清水，而是用坝划开的多少块“地”。“地”外留着几条沟，游艇沿沟而行，即是逛湖。水田不需要多么深的水，所以水黑而不清；也不要急流，所以水定而无波。东一块莲，西一块蒲，土坝挡住了水，蒲苇又遮住了莲，一望无景，只见高高低低的“庄稼”。艇行沟内，如穿高粱地然，热气腾腾，碰巧了还臭气烘烘。夏天总算还好，假若水不太臭，多少总能闻到一些荷香，而且必能看到些绿叶儿。春天，则下有黑汤，旁有破烂的土坝；风又那么野，绿柳新蒲东倒西歪，恰似挣命。所以，它既不大，又不明，也不湖。

话虽如此，这个湖到底得算个名胜。湖之不大与不明，都因为湖已不湖。假若能把“地”都收回，拆开土坝，挖深了湖身，它当然可以马上既大且明起来：湖面原本不小，而济南又有的是清凉的泉水呀。这个，也许一时作不到。不过，即使作不到这一步，就现状而言，它还应当算作名胜。北方的城市，要找有这么一片水的，真是好不容易了。千佛山满可以不算数儿，配作个名胜与否简直没多大关系。因为山在北方不是什么难找的东西呀。水，可太难找了。济南城内据说有七十二泉，城外有河，可是还非有个湖不可。泉，池，河，湖，四者俱备，这才显出济南的特色与可贵。它是北方唯一的“水城”，这个湖是少不得的。设若我们游湖时，只见沟而不见湖，请到高处去看看吧，比如在千佛山上往北眺望，则见城北灰绿的一片——大明湖；城外，华鹊二山夹着弯弯的一道灰亮光儿——黄河。这才明白了济南的不凡，不但有水，而且是这样多呀。

况且，湖景若无可观，湖中的出产可是很名贵呀。懂得什么叫作美的人或者不如懂得什么好吃的人多吧，游过苏州的往往只记得此地的点心，逛过西湖的提起来便念道那里的龙井茶，藕粉与莼菜什么的，吃到肚子里的也许比一过眼的美景更容易记住，那么大明湖的蒲菜，茭白，白花藕，还真许是它驰名天下的重要原因呢。不论怎么说吧，这些东西既都是水产，多少总带着些南国风味；在夏天，青菜挑子上带着一束束的大白莲花葖菁出卖，在北方大概只有济南能这么“阔气”。

我写过一本小说——《大明湖》——在“一·二八”与商务印书馆一同被火烧掉了。记得我描写过一段大明湖的秋景，词句全想不起来了，只记得是什么什么秋。桑子中先生给我画过一张油画，也画的是大明湖之秋，现在还在我的屋中挂着。我写的，他画的，都是大明湖，而且都是大明湖之秋，这里大概有点意思。对了，只是在秋天，大明湖才有些美呀。济南的四季，唯有秋天最好，晴暖无风，处处明朗。这时候，请到城墙上走走，俯视秋湖，败柳残荷，水平如镜；唯其是秋色，所以连那些残破的土坝也似乎正与一切景物配合：土坝上偶尔有一两截断藕，或一些黄叶的野蔓，配着三五枝芦花，确是有些画意。“庄稼”已都收了，湖显着大了许多，大了当然也就显着明。不仅是湖宽水净，显着明美，抬头向南看，半黄的千佛山就在面前，开元寺那边的“橛子”——大概是个塔吧——静静的立在山头上。往北看，城外的河水很清，菜畦中还生着短短的绿叶。往南往北，往东往西，看吧，处处空阔明朗，有山有湖，有城有河，到这时候，我们真得到个“明”字了。桑先生那张画便是在北城墙上画的，湖边只有几株秋柳，湖中只有一只游艇，水作灰蓝色，柳叶儿半黄。湖外，他画上了千佛山；湖光山色，联成一幅秋图，明朗，素净，柳梢上似乎吹着点不大能觉出来的微风。

对不起，题目是大明湖之春，我却说了大明湖之秋，可谁教亢德先生出错了题呢！

原载1937年3月《宇宙风》第三十七期

济南的冬天

上次说了济南的秋天，这回该说冬天。

对于一个在北平住惯的人，像我，冬天要是不刮大风，便是奇迹；济南的冬天是没有风声的。对于一个刚由伦敦回来的，像我，冬天要能看得见日光，便是怪事；济南的冬天是响晴的。自然，在热带的地方，日光是永远那么毒，响亮的天气反有点叫人害怕。可是，在北中国的冬天，而能有温晴的天气，济南真得算个宝地。

设若单单是有阳光，那也算不了出奇。请闭上眼想：一个老城，有山有水，全在蓝天下很暖和安适的睡着；只等春风来把他们唤醒，这是不是个理想的境界？

小山整把济南围了个圈儿，只有北边缺着点口儿，这一圈小山在冬天特别可爱，好像是把济南放在一个小摇篮里，它们全安静不动的低声的说：你们放心吧，这儿准保暖和。真的，济南的人们在冬天是面上含笑的。他们一看那些小山，心中便觉得有了着落，有了依靠。

他们由天上看到山上，便不觉的想起：明天也许就是春天了吧？这样的温暖，今天夜里山草也许就绿起来吧？就是这点幻想不能一时实现，他们也并不着急，因为有这样慈善的冬天，干啥还希望别的呢。

最妙的是下点小雪呀。看吧，山上的矮松越发的青黑，树尖上顶着一髻儿白花，像些小日本看护妇。山尖全白了，给蓝天镶上一道银边。山坡上有的地方雪厚点，有的地方草色还露着，这样，一道儿白，一道儿暗黄，给山们穿上一件带水纹的花衣；看着看着，这件花衣好像被风儿吹动，叫你希望看见一点更美的山的肌肤。等到快日落的时候，微黄的阳光斜射在山腰上，那点薄雪好像忽然害了羞，微微露出点粉色。就是下小雪吧，济南是受不住大雪的，那些小山太秀气。

古老的济南，城内那么狭窄，城外又那么宽敞，山坡上卧着些小村庄，小村庄的房顶上卧着点雪，对，这是张小水墨画，或者是唐代的名手画的吧。

那水呢，不但不结冰，反倒在绿藻上冒着点热气。水藻真绿，把终年贮蓄的绿色全拿出来了。天儿越晴，水藻越绿，就凭这些绿的精神，水也不忍得冻上；况且那长枝的垂柳还要在水里照个影儿呢。看吧，由澄清的河水慢慢往上看吧，空中，半空中，天上，自上而下全是那么清亮，那么蓝汪汪的，整个的是块空灵的蓝水晶。这块水晶里，包着红屋顶，黄草山，像地毯上的小团花的小灰色树影；这就是冬天的济南。

树虽然没有叶儿，鸟儿可并不偷懒，看在日光下张着翅叫的百灵们。山东人是百灵鸟的崇拜者，济南是百灵的国。家家处处听得到它们的歌唱；自然，小黄鸟儿也不少，而且在百灵国内也很努力的唱。还有山喜鹊呢，成群的在树上啼，扯着浅蓝的尾巴飞。树上虽没有叶，有这些羽翎装饰着，也倒有点像西洋美女。坐在河岸上，看着它们在空中飞，听着溪水活活的流，要睡了，这是有催眠力的；不信你就试试；睡吧，决冻不着你。

要知后事如何，我自己也不知道。

节选自《一些印象》

原载 1931 年 3 月至 6 月《齐大月刊》第一卷第五期

趵突泉的欣赏
（济南通信）

千佛山、大明湖和趵突泉，是济南的三大名胜。现在单讲趵突泉。

在西门外的桥上，便看见一溪活水，清浅，鲜洁，由南向北的流着。这就是由趵突泉流出来的。设若没有这泉，济南定会丢失了一半的美。但是泉的所在地并不是我们理想中的一个美景。这又是个中国人的征服自然的办法，那就是说，凡是自然的恩赐交到中国人手里就会把它弄得丑陋不堪。这块地方已经成了个市场。南门外是一片喊声，几阵臭气，从卖大碗面条与肉包子的棚子里出来。进了门有个小院，差不多是四方的。这里，“一毛钱四块！”和“两毛钱一双！”的喊声，与外面的“吃来”联成一片。一座假山，奇丑；穿过山洞，接联不断的棚子与地摊，东洋布，东洋磁，东洋玩具，东洋……加劲的表示着中国人怎样热烈的“不”抵制劣货。这里很不易走过去，乡下人一群跟着一群的来，把路塞住。他们没有例外的全买一件东西还三次价，走开又回来摸索四五次。小脚妇女更了不得，你往左躲，她往左扭；你往右躲，她往右扭，反正不许你痛快的过去。

到了池边，北岸上一座神殿，南西东三面全是唱鼓书的茶棚，唱的多半是梨花大鼓，一声“哟”要拉长几分钟，猛听颇像产科医院的病室。除了茶棚还是日货摊子，说点别的吧！

泉太好了。泉池差不多见方，三个泉口偏西，北边便是条小溪流向西门去。看那三个大泉，一年四季，昼夜不停，老那么翻滚。你立定呆呆的看三分钟，你便觉出自然的伟大，使你不敢再正眼去看。永远那么纯洁，永远那么活泼，永远那么鲜明，冒，冒，冒，永不疲乏，永不退缩，只是自然有这样的力量！冬天更好，泉上起了一片热气，白而轻软，在深绿的长的水藻上飘荡着，使你不由的想起一种似乎神秘的境界。

池边还有小泉呢：有的像大鱼吐水，极轻快的上来一串小泡；有的像一串明珠，走到中途又歪下去，真像一串珍珠在水里斜放着；有的半天才上来一个泡，大，扁一点，慢慢的，有姿态的，摇动上来，碎了；看，又来了一个！有的好几串小碎珠一齐挤上来，像一朵攒整齐的珠花，雪白。有的……这比那大泉还更有味。

新近为增加河水的水量，又下了六根铁管，作成六个泉眼，水流得也很旺，但是我还是爱那原来的三个。

看完了泉，再往北走，经过一些货摊，便出了北门。前年冬天一把大火把泉池南边的棚子都烧了。有机会改造了！造成一个公园，各处安着喷水管！东边作个游泳池！有许多人这样的盼望。可是，席棚又搭好了，渐次改成了木板棚；乡下人只知道趵突泉，把摊子移到“商场”去（就离趵突泉几步）买卖就受损失了；于是“商场”四大皆空，还叫趵突泉作日货销售场；也许有道理。

原载1932年8月《华年》第一卷第十七期

北京的春节

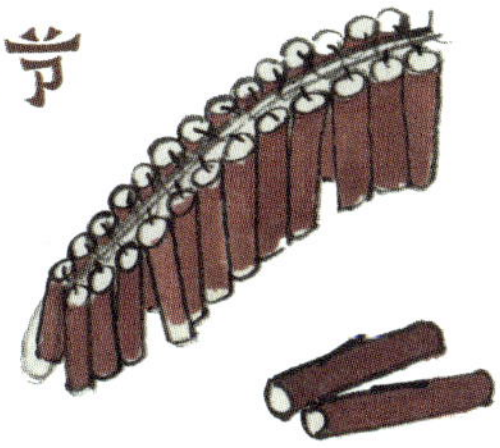

按照北京的老规矩，过农历的新年（春节），差不多在腊月的初旬就开头了。“腊七腊八，冻死寒鸦”，这是一年里最冷的时候。可是，到了严冬，不久便是春天，所以人们并不因为寒冷而减少过年与迎春的热情。在腊八那天，人家里，寺观里，都熬腊八粥。这种特制的粥是祭祖祭神的，可是细一想，它倒是农业社会的一种自傲的表现——这种粥是用所有的各种的米，各种的豆，与各种的干果（杏仁、核桃仁、瓜子、荔枝肉、莲子、花生米、葡萄干、菱角米……）熬成的。这不是粥，而是小型的农业展览会。

腊八这天还要泡腊八蒜。把蒜瓣在这天放到高醋里，封起来，为过年吃饺子用的。到年底，蒜泡得色如翡翠，而醋也有了些辣味，色味双美，使人要多吃几个饺子。在北京，过年时，家家吃饺子。

从腊八起，铺户中就加紧的上年货，街上加多了货摊子——卖春联的、卖年画的、卖蜜供的、卖水仙花的等等都是只在这一季节才会出现的。这些赶年的摊子都教儿童们的心跳得特别快一些。在胡同里，吆喝的声音也比平时更多更复杂起来，其中也有仅在腊月才出现的，像卖宪书的、松枝的、薏仁米的、年糕的等等。

在有皇帝的时候，学童们到腊月十九日就不上学了，放年假一月。儿童们准备过年，差不多第一件事是买杂拌儿。这是用各种干果（花生、胶枣、榛子、栗子等）与蜜饯掺和成的，普通的带皮，高级的没有皮——例如：普通的用带皮的榛子，高级的用榛瓤儿。儿童们喜吃这些零七八碎儿，即使没有饺子吃，也必须买杂拌儿。他们的第二件大事是买爆竹，特别是男孩子们。恐怕第三件事才是买玩艺儿——风筝、空竹、口琴等——和年画儿。

儿童们忙乱，大人们也紧张。他们须预备过年吃的使的喝的一切。他们也必须给儿童赶快做新鞋新衣，好在新年时显出万象更新的气象。

二十三日过小年，差不多就是过新年的“彩排”。在旧社会里，这天晚上家家祭灶王，从一擦黑儿鞭炮就响起来，随着炮声把灶王的纸像焚化，美其名叫送灶王上天。在前几天，街上就有多少多少卖麦芽糖与江米糖的，糖形或为长方块或为大小瓜形。按旧日的说法：用糖粘住灶王的嘴，他到了天上就不会向玉皇报告家庭中的坏事了。现在，还有卖糖的，但是只由大家享用，并不再粘灶王的嘴了。

过了二十三，大家就更忙起来，新年眨眼就到了啊。在除夕以前，家家必须把春联贴好，必须大扫除一次，名曰扫房。必须把肉、鸡、鱼、青菜、年糕什么的都预备充足，至少足够吃用一个星期的——按老习惯，铺户多数关五天门，到正月初六才开张。假若不预备下几天的吃食，临时不容易补充。还有，旧社会里的老妈妈论，讲究在除夕把一切该切出来的东西都切出来，省得在正月初一到初五再动刀，动刀剪是不吉利的。这含有迷信的意思，不过它也表现了我们确是爱和平的人，在一岁之首连切菜刀都不愿动一动。

除夕真热闹。家家赶作年菜，到处是酒肉的香味。老少男女都穿起新衣，门外贴好红红的对联，屋里贴好各色的年画，哪一家都灯火通宵，不许间断，炮声日夜不绝。在外边作事的人，除非万不得已，必定赶回家来，吃团圆饭，祭祖。这一夜，除了很小的孩子，没有什么人睡觉，而都要守岁。

元旦的光景与除夕截然不同：除夕，街上挤满了人；元旦，铺户都上着板子，门前堆着昨夜燃放的爆竹纸皮，全城都在休息。

男人们在午前就出动，到亲戚家，朋友家去拜年。女人们在家中接待客人。同时，城内城外有许多寺院开放，任人游览，小贩们在庙外摆摊，卖茶，食品，和各种玩具。北城外的大钟寺、西城外的白云观、南城的火神庙（厂甸）是最有名的。可是，开庙最初的两三天，并不十分热闹，因为人们还正忙着彼此贺年，无暇及此。到了初五六，庙会开始风光起来，小孩们特别热心去逛，为的是到城外看看野景，可以骑毛驴，还能买到那些新年特有的玩具。白云观外的广场上有赛轿车赛马的；在老年间，据说还有赛骆驼的。这些比赛并不争取谁第一谁第二，而是在观众面前表演骡马与骑者的美好姿态与技能。

多数的铺户在初六开张，又放鞭炮，从天亮到清早，全城的炮声不绝。虽然开了张，可是除了卖吃食与其他重要日用品的铺子，大家并不很忙，铺中的伙计们还可以轮流着去逛庙，逛天桥，和听戏。

元宵（汤圆）上市，新年的高潮到了——元宵节（从正月十三到十七）。除夕是热闹的，可是没有月光；元宵节呢，恰好是明月当空。元旦是体面的，家家门前贴着鲜红的春联，人们穿着新衣裳，可是它还不够美。元宵节，处处悬灯结彩，整条的大街像是办喜事，火炽而美丽。有名的老铺都要挂出几百盏灯来，有的一律是玻璃的，有的清一色是牛角的，有的都是纱灯；有的各形各色，有的通通彩绘全部《红楼梦》或《水浒传》故事。这，在当年，也就是一种广告；灯一悬起，任何人都可以进到铺中参观；晚间灯中都点上烛，观者就更多。这广告可不庸俗。干果店在灯节还要作一批杂拌儿生意，所以每每独出心裁的，制成各样的冰灯，或用麦苗作成一两条碧绿的长龙，把顾客招来。

除了悬灯，广场上还放花合。在城隍庙里并且燃起火判，火舌由判官的泥像的口、耳、鼻、眼中伸吐出来。公园里放起天灯，像巨星似的飞到天空。

男男女女都出来踏月、看灯、看焰火；街上的人拥挤不动。在旧社会里，女人们轻易不出门，她们可以在灯节里得到些自由。

小孩子们买各种花炮燃放，即使不跑到街上去淘气，在家中照样能有声有光的玩耍。家中也有灯：走马灯——原始的电影——宫灯、各形各色的纸灯，还有纱灯，里面有小铃，到时候就叮叮的响。大家还必须吃汤圆呀。这的确是美好快乐的日子。

一眨眼，到了残灯末庙，学生该去上学，大人又去照常作事，新年在正月十九结束了。腊月和正月，在农村社会里正是大家最闲在的时候，而猪牛羊等也正长成，所以大家要杀猪宰羊，酬劳一年的辛苦。过了灯节，天气转暖，大家就又去忙着干活了。北京虽是城市，可是它也跟着农村社会一齐过年，而且过得分外热闹。

在旧社会里，过年是与迷信分不开的。腊八粥，关东糖，除夕的饺子，都须先去供佛，而后人们再享用。除夕要接神；大年初二要祭财神，吃元宝汤（馄饨），而且有的人要到财神庙去借纸元宝，抢烧头股香。正月初八要给老人们顺星、祈寿。因此那时候最大的一笔浪费是买香蜡纸马的钱。现在，大家都不迷信了，也就省下这笔开销，用到有用的地方去。特别值得提到的是现在的儿童只快活的过年，而不受那迷信的熏染，他们只有快乐，而没有恐惧——怕神怕鬼。也许，现在过年没有以前那么热闹了，可是多么清醒健康呢。以前，人们过年是托神鬼的庇佑，现在是大家劳动终岁，大家也应当快乐的过年。

原载1951年1月《新观察》第二卷第二期

在梦中我曾变为
莎士比亚

您看我挺爱笑不是？因为我悲观。你见过的人间悲喜和五味杂陈，我也见过。悲观有一样好处，它能叫人把事情都看轻了一些。

我的暑假

暑假是我最忙的时候。有十年了吧，我没有歇过夏。平均的算来，过去的十年中，每年写出一本十万字上下的小说，都是在暑假里写的。即使不能写完，大部分总是在暑假中写成的。

这样，我总得感谢我的职业。设若我不当教书匠，而是，比如说，当邮差或银行的行员，我一定得不到这么长的暑假，也就找不出时间来写小说。同时，我对于教书又感到痛苦：既教书，就得卖力气，不管自己的学识如何，总求无愧于心。这么着，平日的时间便完全花费在上课与预备功课上，非到暑假不能拿笔写自己的东西。暑假本该休息，我反忙起来，于是生活成了老驴拉磨式的，一年到头的老转圈儿。我的身体自幼儿就不强壮，这样拉磨更不会有健壮起来的希望。我真盼望能爽快的休息一个暑假，假如还得教书的话；或者完全不教书而去专心写作。不过呢，经济的压迫使我不敢放弃教书；同时，趣味所在又使我不忍完全放弃写作。啊！恐怕一二年内，我还得拉磨吧，往好里说，这叫作努力；实际说来，这是“玩命”！

暑假快到，我又预备拿笔了，努力还是玩命？谁管它，活一天干一天的活吧。

原载1936年6月《青年界》第10卷第一号

又是一年芳草绿

悲观有一样好处，它能叫人把事情都看轻了一些。这个可也就是我的坏处，它不起劲，不积极。您看我挺爱笑不是？因为我悲观。悲观，所以我不能板起面孔，大喊：“孤——刘备！”我不能这样。一想到这样，我就要把自己笑毛咕了。看着别人吹胡子瞪眼睛，我从脊梁沟上发麻，非笑不可。我笑别人，因为我看不起自己。别人笑我，我觉得应该；说得天好，我不过是脸上平润一点的猴子。我笑别人，往往招人不愿意；不是别人的量小，而是不像我这样稀松，这样悲观。

我打不起精神去积极的干，这是我的大毛病。可是我不懒，凡是我该作的我总想把它作了，纯为得点报酬养活自己与家里的人——往好了说，尽我的本分。我的悲观还没到想自杀的程度，不能不找点事作。有朝一日非死不可呢，那只好死喽，我有什么法儿呢？

这样，你瞧，我是无大志的人。我不想作皇上。最乐观的人才敢作皇上，我没这份胆气。

有人说我很幽默，不敢当。我不懂什么是幽默。假如一定问我，我只能说我觉得自己可笑，别人也可笑；我不比别人高，别人也不比我高。谁都有缺欠，谁都有可笑的地方。我跟谁都说得来，可是他得愿意跟我说；他一定说他是圣人，叫我三跪九叩报门而进，我没这个瘾。我不教训别人，也不听别人的教训。幽默，据我这么想，不是嬉皮笑脸，死不要鼻子。

也不是怎股子劲儿，我成了个写家。我的朋友德成粮店的写账先生也是写家，我跟他同等，并且管他叫二哥。既是个写家，当然得写了。“风格即人”——还是“风格即驴”？——我是怎个人自然写怎样的文章了。于是有人管我叫幽默的写家。我不以这为荣，也不以这为辱。我写我的。卖得出去呢，多得个三块五块的，买什么吃不香呢。卖不出去呢，拉倒，我早知道指着写文章吃饭是不易的事。

稿子寄出去，有时候是肉包子打狗，一去不回头；连个回信也没有。这，咱只好幽默；多咱见着那个骗子再说，见着他，大概我们俩总有一个笑着去见阎王的。不过，这是不很多见的，要不怎么我还没想自杀呢。常见的事是这个，稿子登出去，酬金就睡着了，睡得还是挺香甜。直到我也睡着了，它忽然来了，仿佛故意吓人玩。数目也惊人，它能使我觉得自己不过值一毛五一斤，比猪肉还便宜呢。这个咱也不说什么，国难期间，大家都得受点苦，人家开铺子的也不容易，掌柜的吃肉，给咱点汤喝，就得念佛。是的，我是不能当皇上，焚书坑掌柜的，咱没那个狠心，你看这个劲儿！不过，有人想坑他们呢，我也不便拦着。

这么一来，可就有许多人看不起我。连好朋友都说：“伙计，你也硬正着点，说你是为人类而写作，说你是中国的高尔基；你太泄气了！”真的，我是泄气，我看高尔基的胡子可笑。他老人家那股子自卖自夸的劲儿，打死我也学不来。人类要等着我写文章才变体面了，那恐怕太晚了吧？我老觉得文学是有用的；拉长了说，它比任何东西都有用，都高明。可是往眼前说，它不如一尊高射炮，或一锅饭有用。我不能吆喝我的作品是“人类改造丸”，我也不相信把文学杀死便天下太平。我写就是了。

别人的批评呢？批评是有益处的。我爱批评，它多少给我点益处；即使完全不对，不是还让我笑一笑吗？自己写的时候仿佛是蒸馒头呢，热气腾腾，莫名其妙。及至冷眼人一看，一定看出许多错儿来。我感谢这种指摘。说的不对呢，那是他的错儿，不干我的事。我永不驳辩，这似乎是胆儿小；可是也许是我的宽宏大量。我不便往自己脸上贴金。一件事总得由两面瞧，是不是？

对于我自己的作品，我不拿她们当作宝贝。是呀，当写作的时候，我是卖了力气，我想往好了写。可是一个人的天才与经验是有限的，谁也不敢保了老写的好，连荷马也有打盹的时候。有的人呢，每一拿笔便想到自己是但丁，是莎士比亚。这没有什么不可以的，天才须有自信的心。我可不敢这样，我的悲观使我看轻自己。我常想客观的估量估量自己的才力；这不易作到，我究竟不能像别人看我看得那样清楚；好吧，既不能十分看清楚了自己，也就不用装蒜，谦虚是必要的，可是装蒜也大可以不必。

对作人，我也是这样。我不希望自己是个完人，也不故意的招人家的骂。该求朋友的呢，就求；该给朋友作的呢，就作。作的好不好，咱们大家凭良心。所以我很和气，见着谁都能扯一套。可是，初次见面的人，我可是不大爱说话；特别是见着女人，我简直张不开口，我怕说错了话。在家里，我倒不十分怕太太，可是对别的女人老觉着恐慌，我不大明白妇女的心理；要是信口开河的说，我不定说出什么来呢，而妇女又爱挑眼。男人也有许多爱挑眼的，所以初次见面，我不大愿开口。我最不喜辩论，因为红着脖子粗着筋的太不幽默。我最不喜欢好吹腾的人，可并不拒绝与这样的人谈话；我不爱这样的人，但喜欢听他的吹。最好是听着他吹，吹着吹着连他自己也忘了吹到什么地方去，那才有趣。

可喜的是有好几位生朋友都这么说："没见着阁下的时候，总以为阁下有八十多岁了。敢情阁下并不老。"是的，虽然将奔四十的人，我倒还不老。因为对事轻淡，我心中不大藏着计划，作事也无须耍手段，所以我能笑，爱笑；天真的笑多少显着年轻一些。我悲观，但是不愿老声老气的悲观，那近乎"虎事"。我愿意老年轻轻的，死的时候像朵春花将残似的那样哀而不伤。我就怕什么"权威"咧，"大家"咧，"大师"咧，等等老气横秋的字眼们。我爱小孩，花草，小猫，小狗，小鱼；这些都不"虎事"。偶尔看见个穿小马褂的"小大人"，我能难受半天，特别是那种所谓聪明的孩子，让我难过。比如说，一群小孩都在那儿看变戏法儿，我也在那儿，单会有那么一两个七八岁的小老头说："这都是假的！"这叫我立刻走开，心里堵上一大块。世界确是更"文明"了，小孩也懂事懂得早了，可是我还愿意大家傻一点，特别是小孩。假若小猫刚生下来就会捕鼠，我就不再养猫，虽然它也许是个神猫。

我不大爱说自己，这多少近乎"吹"。人是不容易看清楚自己的。不过，刚过完了年，心中还慌着，叫我写"人生于世"，实在写不出，所以就近的拿自己当材料。万一将来我不得已而作了皇上呢，这篇东西也许成为史料，等着瞧吧。

原载 1935 年 3 月 6 日天津《益世报·文学》

我的"话"

二十岁以前，我说纯粹的北平话。二十岁以后，糊口四方，虽然并不很热心去学各地的方言，可是自己的言语渐渐有了变动：一来是久离北平，忘记了许多北平人特有的语调词汇；二来是听到别处的语言，感觉到北平话，特别是在腔调上，有些太飘浮的地方，就故意的去避免。于是，一来二去，我的话就变成一种稍稍忘记过、矫正过的北平话了。大体上说，我说的是北平话，而且相当的喜爱它。

三十岁左右的五年中，住在英国。因为岁数稍大，和没有学习语文的天才，所以并没能把英语学习好。有一个时间，还学习了一点拉丁文和法文，也因脑子太笨而没有任何成绩。不过，我总算与外国语言接触过了。在上一段中，我说明了怎样因与国内的方言接触，而稍稍改变了自己的北平话；在这里，就是与外国语接触之后，我便拿北平话——因为我只会讲北平话——去代表中国话，而与外国话比较了。

最初，因英语中词汇的丰富，文法的复杂，我感到华语的枯窘简陋。

在偶尔练习一点翻译的时候，特别使我痛苦：找不着适当的字啊！把完好的句子都拆毁了啊！我鄙视我的北平话了！

后来，稍稍学了一点拉丁文及法文，我就更爱英文，也就翻回头来更爱华语了，因为以英文和拉丁文或法文比较，才知道英文的简单正是语言的进步，而不是退化；那么以华语和英语比较，华语的惊人的简单，也正是它的极大的进步。

及至我读了些英文文艺名著之后，我更明白了文艺风格的劲美，正是仗着简单自然的文字来支持，而不必要花枝招展，华丽辉煌。英文《圣经》，与狄福[①]、司威夫特[②]等名家的作品，都是用了最简劲自然的，也是最好的文字。

这时候，正是我开始学习写小说的时候；所以，我一下手便拿出我自幼儿用惯了的北平话。在第一二本小说中，我还有时候舍不得那文雅的华贵的词汇；在文法上，有时候也不由得写出一二略为欧化的句子来。及至我读了《艾丽司漫游奇境记》[③]等作品之后，我才明白了用儿童的语言，只要运用得好，也可以成为文艺佳作。我还听说，有人曾用“基本英文”改写文艺杰作，虽然用字极少，也还能保持住不少的文艺性；这使我有了更大的胆量，去脱了华艳的衣衫，而露出文字的裸体美来。在当代的名著中，英国写家们时常利用方言；按照正规的英文法程来判断这些方言，它们的文法是不对的，可是这些语言放在文艺作品中，自有它们的不可忽视的力量，绝对不是任何其他语言可以代替的。是的，它们的确与正规文法不合，可是它们原本有自己的文法啊！你要用它，就得承认它的独立与自由，因为它自有它自

---

① 现多译作笛福。

② 现多译作斯威夫特。

③ 现多译作《爱丽丝梦游仙境》。

己的生命。假若你只采取它一两个现成的字，而不肯用它的文法，你就只能得到它的一点小零碎来作装饰，而得不到它的全部生命的力量。因此，我自己的笔也逐渐的、日深一日的，去沾那活的、自然的、北平话的血汁，不想借用别人的文法来装饰自己了。我不知道这合理与否，我只觉得这个作法给我不少的欣喜，使我领略到一点创作的乐趣。看，这是我自己的想象，也是我自己的语言哪！

避免欧化的句子是不容易的。我们自己的文法是那么简单，简直没有法子把一句含意复杂的话说得圆满呀！可是，我还是设法去避免，我会把一长句拆开来说，还教它好听，明白，生动。把含意复杂的一个长句拆开来说，恐怕就不能完全传达那个长句所要表现的意思了，句子的形式既变，意思恐怕也就或多或少总有些变动；即使能够不多不少的恰如原意，那句子形式的变动也会使情调语气随着改变。于此，欧化的语句有时候是必不能舍弃的，特别是在说理的文章里。不过，我自己不大写说理的文章，我所写的大多数是诗歌小说之类的东西。这类的东西需要写得美好，简劲，有感动力。那么，语言之美是独特的无法借用，有不得不在自己的语言中探索其美点者。谈到简劲，中国言语恰恰天然的不会把句子拉长；强使之长，一句中有若干“底”，“地”，与“的”，或许能于一句中表达迂回复杂的意念，有如上述；但在文艺作品中这必然的会使气势衰沉，而且只能看而不能读，给诗歌与戏剧中的对话一个致命伤。在一个哲学家口中，他也许只求他的话能使人作深思，而不管它是多么别扭、生硬、冗长，文艺家便不敢这么冒险，因为他虽然也愿使人深思细想，可是他必定是用从心眼中发出来的最有力、最扼要、最动人的言语，使人咂摸着人情世态，含泪或微笑着去作深思。他要先感动人。这从心眼中掏出来的言语，必是极简单、极自然、极通俗的。媳妇哭婆婆，或许用点儿修辞；当她哭自己的儿女的时候，她只叫一两声“我的肉”，而昏倒了！文字的感动力是来自在某个场合中必然的说某种话——这个话是最普遍常用的，绝难借用外国文法的。一个哲学家，与一个工友，在他痛苦的时节，是同样的只会叫“妈”的。

我明白了上述的一点道理——对不对，我可不敢说——我就决定放弃了翻译工作。这工作是极要紧的，但是它使我太痛苦——顾了自己，便损害了别人；顾及别人，便失落了自己。言语的不同没法使彼此尽欢而散。同时，我写作小说也就更求与口语相合，把修辞看成怎样能从最通俗的浅近的词汇去描写，而不是找些漂亮文雅的字来涂饰。用字如此，句子也力求自然，在自然中求其悦耳生动。我愿在纸上写的和从口中说的差不多。到了这个地步，有时候我颇后悔我曾经矫正过自己的北平话了：有许多好的词汇，好的句法，因为怕别人不懂而不用，乃至渐渐的忘记了。是的，中国话确是太简单了，词与字真是太不够用了；把文言与白话掺和起来用，或者还能勉强应付；可是我立志要写白话，不借助于文言，岂不是自找苦吃？况且，我又忘了许多北平话呢！

我要恢复我的北平话。它怎样说，我便怎样写。怕别人不懂吗？加注解呀。无论怎说，地方语言运用得好，总比勉强的用四不像的、毫无精力的、普通官话强得多。至于借用外国文法，我不反对别人去试验，我自己可是还无暇及此，因为我还没能把自己的语言运用得很好哇！先把握住自己的话，而后再添加外来的材料，也许更牢靠一些。

近来有件伤心的事：我练习着写诗，把自己憋得半死！我知道，诗是语言的结晶。我写的是白话诗，自然须是白话的结晶。可是，这结晶不成；知道的白话是那么少啊！而且所知道的那一些，又运用得那么拙笨啊！我还是不敢多向外国语求救，可是文言不住的对我招手。

我本想置之不理，给它个冷肩膀吃。但是，没了米，也只好吃面粉了，还能饿着吗？唉，对白话我有点不忠之罪！是白话不够用吗？是白话不配上诗的园里去吗？都不是！是自己无才，而且有点偷懒啊！我以为，从诗的言语上说，假若“刁骚”，“歧路”，“原野”，“涟漪”……等无聊的词汇不被铲除了去，白话诗或者老是一片草地，而排列着许多坟头儿，永远成不了美丽的林园。

不过，近来也有桩可喜的事：我在练习写话剧。话剧太难写了，我当然不会一蹴而成功。但是，且不管剧中旁的一切，单就对话来说，实在使我快活。我没有统计过，在一出三幕或四幕剧中，用过多少个字。我可是直觉的感到，我用字很少，因为在写剧的时节，我可以充分地去想象：某个人在某时某地须说什么话，而这些话必定要立竿见影的发生某种效果；用不着转文，也用不着多加修饰，言语是心之声，发出心声，则一呼一嗽都能感人。在这里，我留神语言的自然流露，远过于文法的完整；留神音调的美妙，远过于修辞的选择。剧中人口里的一个“哪”或“吗”，安排得当，比完整而无力的一大句话，要收更多的效果。在这里，才真真的不是作文，而是讲话。话语的本来的文法，在此万不能移动；话语的音节腔调之美，在此须充分的发扬。剧中人所讲的是生命与生活中的话语，不是在背诵文章。

我没有学习语言的天才，故对语言的比较也就没有任何研究。我也没研究过文法，而只知道自己口中所说的话自有文法，很难改创。对语文既无所知，可是还要谈论到它们，不过是本着自己学习写作的经验说说实话而已，说不定就是一片胡言啊！

原载1941年6月16日《文艺月刊》第十一年六月号

独 白

没有打旗子的，恐怕就很不易唱出文武带打的大戏吧？所以，我永不轻看打旗子的弟兄们。假若这只是个人的私见，并非公论，那么自己就得负责检讨自己，找出说这话的原因。噢，原来自己就是个打旗子的啊！虽然自己并没有在戏台上跑来跑去，可是每日用笔在纸上乱画，始终没写出一篇惊人的东西，不也就等于打旗子吗？

票友有没有专学打旗子的？大概没有；至少是我自己还没见过。那么，打旗子的恐怕——即使有例外——多数都是职业的。凭本事挣饭吃，且不提光荣与否，实在不是件容易的事；因此，我不敢轻看戏台上的龙套，也就不便自惭无能，终日在文艺台上晃来晃去，而唱不出一句来。

天才是什么？我分析不上来。怎么能得到它？也至今还未晓得。所以，顶好暂不提它。经验，我可是知道，确是可以从努力中获得，而努力与否是全靠自己的。努力而仍不成功，也许是限于天才，石块不能变成金子，即使放在炉中依法锻炼。但是，努力必有进步，或者连天才者也难例外；那么，努力总会没错儿。于是，我就这样安慰自己，勉励自己：努力呀，打旗子的！是不是打末旗的可以升为打头旗的？我不知道戏班子里的规矩。在文艺台上，至今还没有明文规定升格的办法；假若自己肯努力，也许能往前进一步吧？即使连这在事实上也还难以办到，好，我在心理上抱定此旨，还不行吗？干脆一句话，努力就是了，管它什么！

这样，能产生伟大的作品吗？不知道！这样，不害羞自己永远庸庸碌碌吗？没关系！不偷懒，不自馁，不自满，我呀，我只求因努力而能稍稍进步！再进一万步，也许我还摸不着伟大的边儿，那有什么关系呢？努力是我所能的，所应该的；在梦中我曾变为莎士比亚，可惜那只是个梦呀！

原载1940年1月21日《新蜀报·蜀道》

文艺与木匠

一位木匠的态度，据我看，最好是：（一）要作个好木匠；（二）虽然自己已成为好木匠，可是绝不轻看皮匠，鞋匠，泥水匠，和一切的匠。

此态度适用于木匠，也适用于文艺写家。我想，一位写家既已成为写家，就该不管生活怎么苦，工作怎样繁重，还要继续努力，以期成为好的写家，更好的写家，最好的写家。同时，他须认清：一个写家既不能兼作木匠，瓦匠，他便该承认五行八作的地位与价值，不该把自己视为至高无上，而把别人踩在脚底下。

我有三个小孩。除非他们自己愿意，而且极肯努力，作文艺写家，我决不鼓励他们；因为我看他们作木匠，瓦匠，或作写家，是同样有意义的，没有高低贵贱之别。

假若我的一个小孩决定作木匠去，除了劝告他要成为一个好木匠之外，我大概不会絮絮叨叨的再多讲什么，因为我自己并不会木工，无须多说废话。

假若他决定去作文艺写家，我的话必然的要多了一些，因为我自己知道一点此中甘苦。

第一，我要问他：你有了什么准备？假若他回答不出，我便善意的，虽然未必正确的，向他建议：你先要把中文写通顺了。所谓通顺者，即字字妥当，句句清楚。假若你还不能作到通顺，请你先去练习文字吧，不要开口文艺，闭口文艺。文字写通顺了，你要“至少”学会一种外国语，给自己多添上一双眼睛。这样，中文能写通顺，外国书能念，你还须去生活。我看，你到三十岁左右再写东西，绝不算晚。

第二，我要问他：你是不是以为作家高贵，木匠卑贱，所以才舍木工而取文艺呢？假若你存着这个心思，我就要毫不客气的说：你的头脑还是科举时代的，根本要不得！况且，去学木工手艺，即使不能成为第一流的木匠，也还可以成为一个平常的木匠；即使不能有所创造，还能不失规矩的仿制；即使贡献不多，也还不至于糟蹋东西。至于文艺呢，假若你弄不好的话，你便糟践不知多少纸笔，多少时间——你自己的，印刷人的，和读者的；罪莫大焉！你看我，已经写作了快二十年，可有什么成绩？我只感到愧悔，没有替人盖成过一间小屋，作成过一张茶几，而只是浪费了多少纸笔，谁也不曾得到我一点好处！高贵吗？啊，世上还有高贵的废物呢？

第三，我要问他：你是不是以为作写家比作别的更轻而易举呢？比如说，作木匠，须学好几年的徒，出师以后，即使技艺出众，也还不过是默默无闻的匠人；治文艺呢，你可以用一首诗，一篇小说，而成名呢？我告诉你，你这是有意取巧，避重就轻。你要知道，你心中若没有什么东西，而轻巧的以一诗一文成了名，名适足以害了你！名使你狂傲，狂傲即近于自弃。名使你轻浮、虚伪。文艺不是轻而易举的东西，你若想借它的光得点虚名，它会极厉害的报复，使你不但挨不近它的身，而且会把你一脚踢倒在尘土上！得了虚名，而丢失了自己，最不上算。

第四，我要问他：你若干文艺，是不是要干一辈子呢？假若你只干一年半载，得点虚名便闪躲开，借着虚名去另谋高就，你便根本是骗子！我宁愿你死了，也不忍看你作骗子！你须认定：干文艺并不比作木匠高贵，可是比作木匠还更艰苦。在文艺里找黄金美人，你算是看错了地方！

第五，我要告诉他：你别以为我干这一行，所以你也必须来个“家传”。世上有用的事多得很，你有择取的自由。我并不轻看文艺，正如同我不轻看木匠。我可是也不过于重视文艺，因为只有文艺而没有木匠也成不了世界。我不后悔干了这些年的笔墨生涯，而只恨我没能成为好的写家。作官教书都可以辞职，我可不能向文艺递辞呈，因为除了写作，我不会干别的；已到中年，又极难另学会些别的。这是我的痛苦，我希望你别再来一回。不过，你一定非作写家不可呢，你便须按着前面的话去准备，我也不便绝对不同意，你有你的自由。你可得认真的去准备啊！

原载 1942 年 8 月 16 日《时事新报》

成绩欠佳，收入更欠佳

昨天在茶馆里同朋友闲吹。算了算，我虽已练习写作十七八年之久，可是不过才出了二十本书。这二十本是：一、长篇小说：《老张的哲学》，《赵子曰》，《二马》，《大明湖》，《猫城记》，《离婚》，《牛天赐传》，《骆驼祥子》；二、中篇小说：《小坡的生日》；三、短篇小说集：《赶集》，《樱海集》，《蛤藻集》，《火车集》；四、剧本：《残雾》，《国家至上》，《张自忠》，《面子问题》，《大地龙蛇》；五、长诗：《剑北篇》；六、鼓词旧剧：《三四一》。在这二十本里，《大明湖》的原稿是被“一·二八”的毒火烧毁，始终没能与世谋面，《剑北篇》上册也在去年遭了火劫，幸而还有底稿，现在正重行排印。在这二十本外，还有一小本《幽默诗文集》，一本写作经验谈——《老牛破车》，和至少也有二三百篇随感和报告之类的短文。我不喜欢自己的短文，所以不肯出集子；只有《幽默诗文集》与《老牛破车》是循友人的恳求，破了例的，其余的多少篇小文都已随写随扔，或者永远不会印成集子了。此外，市间还有一本《老舍选集》，这是野鸡本，未得著者的同意。也不给版税，除了影响我的收入而外，可谓与我无关。

十七八年的成绩实在太少了！人不说不知，木不钻不透，成绩欠佳也自有些原因；待我慢慢讲来：最初的三本小说都是在伦敦写的。这根本是“写写玩”，可以写，可以不写；高兴就多写；不高兴就放下。那时候，身在异国，时动乡思，故借此遣愁。再说呢，自己心中多少有点牢骚，吐之为快，也就都纳之笔下。回国以后，教书糊口，虽屡想放下粉笔，专心写作。而母老家贫，不敢任性。一心不能两用，教书便不能创作，只好利用暑寒假过过瘾。《大明湖》，《小坡的生日》，《猫城记》，《离婚》，《牛天赐传》，《赶集》，《樱海集》，《蛤藻集》，便都是“寒来暑往”的产儿。

只有《骆驼祥子》是心无二念，虔诚念佛写成的。这是在抗战的前一年，我辞去了教职，立誓作个职业的写作家。那一年的前半，我写成了《骆驼祥子》和几个短篇；后半年，我同时写两个长篇，一个以青岛为背景，一个以北平为背景；一个得了两万多字，一个写成三四万字。七七的炮声一响，这五六万字都被我扔在字纸篓。假若战争未起，我相信，这一年中我会写出三十万字来！想想看，一年三十万，十年三百万，二十年，三十年……哎呀！那还了得！固然喽，艺术作品贵精而不贵多，可是力气究竟是力气，谁能责备一个黄包车夫走路太多呢？况且，熟能生巧，业精于勤，多写不见得就没有好处。

流亡四年中，简直没写出什么来。长篇小说是没法儿写了。生活不安定，怎能作长远的计划呢？不错，写家是要生活，生活在抗战中，才能写出抗战文艺来。可是，生活是一件事，写作是另一件事。一个写作家应当在大街上活着，可是不能在大街上写作。他像一条牛，吃了草以后，须静静地去反刍细嚼，而后草才能变成乳。我，可是，找不到个清静地方。

于是，我开始练习作诗，写剧。抓点工夫就写点，不管好坏，只求渐有所获。这也就说明了，我并非以为戏剧或诗歌比小说容易写，而是说写小说必期其成，势必旷日持久。练习诗歌戏剧，既曰练习，则可成可败，可进可止。这个态度恰好与我的时间配合，忙则停，闲则进，亦游击战术也。我希望，在抗战中把诗歌戏剧的门路摸清，到抗战胜利后，把自己藏起来，好好的，专心的，去写小说、诗歌、戏剧；教每种都有较长的，颇像样儿的作品出来，以洗今日之丑！

反正是闲扯吧，说到哪里去也可以。您也许要问吧：既有二十本书，版税收入当然可观了，你为何还老这么穷相呢？是的，容我慢慢算给您听。

《二马》等三本书是文学会的丛书。每次版税都由商务印书馆付给文学会的负责人，由会里扣百分之十，再发给作者。这百分之十的税上税都作什么用了？天晓得！最近四年我的版税都上哪里去了？天晓得！好，这三本书等于不存在。出《猫城记》的那一家书店久已倒闭，纸型押在了一个纸铺里。纸铺仍继续印它，但与我无关。我若问版税，则纸铺会教我代书店还债！好了，四本等于不存在了。《牛天赐传》等四本书，四年的版税应是多少？不晓得。我只听到家中的报告：从抗战第二年起，家中每月得五十元（五十元到家不过是二十元，而书局按五十元算），最近得到通知，说二年多共付一千七百元，即算全数付清！此后不再付！好了，八本书等于不存在了！《赶集》与《离婚》，近二年来才又在沪复印，恢复版税，而今日沪上情形如何，不可得知，大概这两本也要不存在！好，十本了！《面子问题》与《三四一》均卖版权，书卖多卖少与我不相干。好，十二本了！《国家至上》没得过分文，详情不必说。十三本了！《小坡的生日》每年约入二三十元。《蛤藻集》每年约入四五十元，均有账可查。《残雾》到今日为止，得过四十一元！您给我算算，我的版税是相当的可观，还是“不”相当的可观？

还有上演税呀！一点不错，剧本在重庆上演的确有上演税好拿。可是，别处呢？哼，回答这一问的只好是冷笑！

账算清了，您以为我会灰心吧？并不！让没良心的去发财吧；至于我，只要还有口气，就不放弃文艺。尽管成绩欠佳，收入更欠佳！

原载 1942 年 5 月 1 日《文风》创刊号

我怎样写《骆驼祥子》

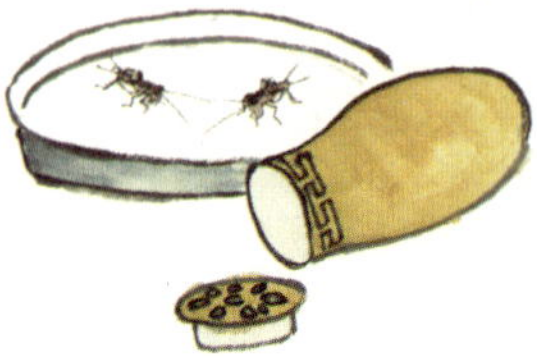

从何月何日起，我开始写《骆驼祥子》？已经想不起来了。我的抗战前的日记已随同我的书籍全在济南失落，此事恐永无对证矣。

这本书和我的写作生活有很重要的关系。在写它以前，我总是以教书为正职，写作为副业，从《老张的哲学》起到《牛天赐传》止，一直是如此。这就是说，在学校开课的时候，我便专心教书，等到学校放寒暑假，我才从事写作。我不甚满意这个办法。因为它使我既不能专心一志的写作，而又终年无一日休息，有损于健康。在我从国外回到北平的时候，我已经有了去作职业写家的心意；经好友们的谆谆劝告，我才就了齐鲁大学的教职。在齐大辞职后，我跑到上海去，主要的目的是在看看有没有作职业写家的可能。那时候，正是“一·二八”以后，书业不景气，文艺刊物很少，沪上的朋友告诉我不要冒险。于是，我就接了山东大学的聘书。我不喜欢教书，一来是我没有渊博的学识，时时感到不安；二来是即使我能胜任，教书也不能给我像写作那样的愉快。为了一家子的生活，我不敢独断独行的丢掉了月间可靠的收入，可是我的心里一时一刻也没忘掉尝一尝职业写家的滋味。

事有凑巧，在“山大”教过两年书之后，学校闹了风潮，我便随着许多位同事辞了职。这回，我既不想到上海去看看风向，也没同任何人商议，便决定在青岛住下去，专凭写作的收入过日子。这是“七七”抗战的前一年。《骆驼祥子》是我作职业写家的第一炮。这一炮要放响了，我就可以放胆的作下去，每年预计着可以写出两部长篇小说来。不幸这一炮若是不过火，我便只好再去教书，也许因为扫兴而完全放弃了写作。所以我说，这本书和我的写作生活有很重要的关系。

记得是在一九三六年春天吧，“山大”的一位朋友跟我闲谈，随便的谈到他在北平时曾用过一个车夫。这个车夫自己买了车，又卖掉，如此三起三落，到末了还是受穷。听了这几句简单的叙述，我当时就说：“这颇可以写一篇小说。”紧跟着，朋友又说：有一个车夫被军队抓了去，哪知道，转祸为福，他乘着军队移动之际，偷偷的牵回三匹骆驼回来。

这两个车夫都姓什么？哪里的人？我都没问过。我只记住了车夫与骆驼。这便是骆驼祥子的故事的核心。

从春到夏，我心里老在盘算，怎样把那一点简单的故事扩大，成为一篇十多万字的小说。

不管用得着与否？我首先向齐铁恨先生打听骆驼的生活习惯。齐先生生长在北平的西山，山下有许多家养骆驼的。得到他的回信，我看出来，我须以车夫为主，骆驼不过是一点陪衬，因为假若以骆驼为主，恐怕我就须到“口外”去一趟，看看草原与骆驼的情景了。若以车夫为主呢，我就无须到口外去，而随时随处可以观察。这样，我便把骆驼与祥子结合到一处，而骆驼只负引出祥子的责任。

怎么写祥子呢？我先细想车夫有多少种，好给他一个确定的地位。

把他的地位确定了，我便可以把其余的各种车夫顺手儿叙述出来；以他为主，以他们为宾，既有中心人物，又有他的社会环境，他就可以活起来了。换言之，我的眼一时一刻也不离开祥子；写别的人正可以烘托他。

车夫们而外，我又去想，祥子应该租赁哪一车主的车，和拉过什么样的人。这样，我便把他的车夫社会扩大了，而把比他的地位高的人也能介绍进来。可是，这些比他高的人物，也还是因祥子而存在故事里，我决定不许任何人夺去祥子的主角地位。

有了人，事情是不难想到的。人既以祥子为主，事情当然也以拉车为主。只要我教一切的人都和车发生关系，我便能把祥子拴住，像把小羊拴在草地上的柳树下那样。

可是，人与人，事与事，虽以车为联系，我还感觉着不易写出车夫的全部生活来。于是，我还再去想：刮风天，车夫怎样？下雨天，车夫怎样？假若我能把这些细琐的遭遇写出来，我的主角便必定能成为一个最真确的人，不但吃的苦，喝的苦，连一阵风，一场雨，也给他的神经以无情的苦刑。

由这里，我又想到，一个车夫也应当和别人一样的有那些吃喝而外的问题。他也必定有志愿，有性欲，有家庭和儿女。对这些问题，他怎样解决呢？他是否能解决呢？这样一想，我所听来的简单的故事便马上变成了一个社会那么大。我所要观察的不仅是车夫的一点点的浮现在衣冠上的、表现在言语与姿态上的那些小事情了，而是要由车夫的内心状态观察到地狱究竟是什么样子。车夫的外表上的一切，都必有生活与生命上的根据。我必须找到这个根源，才能写出个劳苦社会。

由一九三六年春天到夏天，我入了迷似的去搜集材料，把祥子的生活与相貌变换过不知多少次——材料变了，人也就随着变。

到了夏天，我辞去了“山大”的教职，开始把祥子写在纸上。因为酝酿的时期相当的长，搜集的材料相当的多，拿起笔来的时候我并没感到多少阻碍。一九三七年一月，“祥子”开始在《宇宙风》上出现，作为长篇连载。当发表第一段的时候，全部还没有写完，可是通篇的故事与字数已大概的有了准谱儿，不会有很大的出入。假若没有这个把握，我是不敢一边写一边发表的。刚刚入夏，我将它写完，共二十四段，恰合《宇宙风》每月要两段，连载一年之用。

当我刚刚把它写完的时候，我就告诉了《宇宙风》的编辑：这是一本最使我自己满意的作品。后来，刊印单行本的时候，书店即以此语嵌入广告中。它使我满意的地方大概是：（一）故事在我心中酝酿得相当的长久，收集的材料也相当的多，所以一落笔便准确，不蔓不枝，没有什么敷衍的地方。（二）我开始专以写作为业，一天到晚心中老想着写作这一回事，所以虽然每天落在纸上的不过是一二千字，可是在我放下笔的时候，心中并没有休息，依然是在思索；思索的时候长，笔尖上便能滴出血与泪来。（三）在这故事刚一开头的时候，我就决定抛开幽默而正正经经地去写。在往常，每逢遇到可以幽默一下的机会，我就必抓住它不放手。有时候，事情本没什么可笑之处，我也要运用俏皮的言语，勉强的使它带上点幽默味道。这，往好里说，足以使文字活泼有趣；往坏里说，就往往招人讨厌。《祥子》里没有这个毛病。即使它还未能完全排除幽默，可是它的幽默是出自事实本身的可笑，而不是由文字里硬挤出来的。这一决定，使我的作风略有改变，教我知道了只要材料丰富，心中有话可说，就不必一定非幽默不足叫好。（四）既决定了不利用幽默，也就自然的决定了文字要极平易，澄清如无波的湖水。因为要求平易，我就注意到如何在平易中而不死板。恰好，在这时候，好友顾石君先生供给了我许多北平口语中的字和词。

在平日，我总以为这些词汇是有音无字的，所以往往因写不出而割爱。现在，有了顾先生的帮助，我的笔下就丰富了许多，而可以从容调动口语，给平易的文字添上些亲切，新鲜，恰当，活泼的味儿。因此，《祥子》可以朗诵。它的言语是活的。

《祥子》自然也有许多缺点。使我自己最不满意的是收尾收得太慌了一点。因为连载的关系，我必须整整齐齐的写成二十四段；事实上，我应当多写两三段才能从容不迫的刹住。这，可是没法补救了，因为我对已发表过的作品是不愿再加修改的。

《祥子》的运气不算很好：在《宇宙风》上登刊到一半就遇上“七七”抗战。《宇宙风》何时在沪停刊，我不知道；所以我也不知道，《祥子》全部登完过没有。后来，《宇宙风》社迁到广州，首先把《祥子》印成单行本。可是，据说刚刚印好，广州就沦陷了，《祥子》便落在敌人的手中。《宇宙风》又迁到桂林，《祥子》也又得到出版的机会，但因邮递不便，在渝蓉各地就很少见到它。后来，文化生活出版社把纸型买过来，它才在大后方稍稍活动开。

近来，《祥子》好像转了运，据友人报告，它已被译成俄文、日文与英文。

原载1945年7月重庆《青年知识》第一卷第二期

谈读书

我有个很大的毛病：读书不求甚解。

从前看过的书，十之八九都不记得；我每每归过于记忆力不强，其实是因为阅读时马马虎虎，自然随看随忘。这叫我吃了亏——光翻动了书页，而没吸收到应得的营养，好似把好食品用凉水冲下去，没有细细咀嚼。因此，有人问我读过某部好书没有，我虽读过，也不敢点头，怕人家追问下去，无辞以答。这是个毛病，应当矫正！丢脸倒是小事，白费了时光实在可惜！

矫正之法有二：一曰随读随作笔记。这不仅大有助于记忆，而且是自己考试自己，看看到底有何心得。我曾这么办过，确有好处。不管自己的了解正确与否，意见成熟与否，反正写过笔记必得到较深的印象。及至日子长了，读书多了，再翻翻旧笔记看一看，就能发现昔非而今是，看法不同，有了进步。可惜，我没有坚持下去，所以有许多读过的著作都忘得一干二净。既然忘掉，当然说不上什么心得与收获，浪费了时间！

第二个办法是：读了一本文艺作品，或同一作家的几本作品，最好找些有关于这些作品的研究、评论等著述来读。也应读一读这个作家的传记。这实在有好处。这会使我们把文艺作品和文艺理论结合起来，把作品与作家结合起来，引起研究兴趣，尽管我们并不想作专家。有了这点兴趣，用不着说，会使我们对那些作品与那个作家得到更深刻的了解，吸取更多的营养。孤立地读一本作品，我们多半是凭个人的喜恶去评断，自己所喜则捧入云霄，自己所恶则弃如粪土。事实上，这未必正确。及至读了有关这本作品的一些著述，我们就会发现自己的错误。这并不是说我们应该采取人云亦云的态度，不便自作主张。不是的。这是说，我们看了别人的意见，会重新去想一想。这么再想一想便大有好处。至少它会使我们不完全凭感情去判断，减少了偏见。去掉偏见，我们才能够吸取营养，扔掉糟粕——个人感情上所喜爱的那些未必不正是糟粕。

在我年轻的时候，我极喜读英国大小说家狄更斯的作品，爱不释手。我初习写作，也有些效仿他。他的伟大究竟在哪里？我不知道。我只学来些耍字眼儿，故意逗笑等等“窍门”，扬扬得意。后来，读了些狄更斯研究之类的著作，我才晓得原来我所摹拟的正是那个大作家的短处。他之所以不朽并不在乎他会故意逗笑——假若他能够控制自己，减少些绕着弯子逗笑儿，他会更伟大！特别使我高兴的是近几年来看到些以马克思主义文艺观点写成的评论。这些评论是以科学的分析方法把狄更斯和别的名家安放在文学史中最合适的地位，既说明他们的所以伟大，也指出他们的局限与缺点。他们仍然是些了不起的巨人，但不再是完美无缺的神像。这使我不再迷信，多么好啊！是的，有关于大作家的著作有很多，我们读不过来，其中某些旧作读了也不见得有好处。读那些新的吧。

真的，假若（还暂以狄更斯为例）我们选读了他的两三本代表作，又去读一本或两本他的传记，又去读几篇近年来发表的对他的评论，我们对于他一定会得到些正确的了解，从而取精去粕地吸收营养。这样，我们的学习便较比深入、细致，逐渐丰富我们的文学修养。这当然需要时间，可是细嚼烂咽总比囫囵吞枣强得多。

此外，我想因地制宜，各处都成立几个人的读书小组，约定时间举行座谈，交换意见，必有好处。我们必须多读书，可是工作又很忙，不易博览群书。假若有读书小组呢，就可以各将所得，告诉别人；或同读一书，各抒己见；或一人读《红楼梦》，另一人读《曹雪芹传》，另一人读《红楼梦研究》，而后座谈，献宝取经。我想这该是个不错的方法，何妨试试呢。

原载 1960 年 12 月 11 日《文艺报》第二十三期

忙

近来忙得出奇。恍忽之间，仿佛看见一狗，一马，或一驴，其身段神情颇似我自己；人兽不分，忙之罪也！

每想随遇而安，贫而无谄，忙而不怨。无谄已经作到；无论如何不能欢迎忙。

这并非想偷懒。真理是这样：凡真正工作，虽流汗如浆，亦不觉苦。反之，凡自己不喜作，而不能不作，作了又没什么好处者，都使人觉得忙，且忙得头疼。想当初，苏格拉底终日奔忙，而忙得从容，结果成了圣人；圣人为真理而忙，故不手慌脚乱。即以我自己说，前年写《离婚》的时候，本想由六月初动笔，八月十五交卷。及至拿起笔来，天气热得老在九十度[①]以上，心中暗说不好。可是写成两段以后，虽腕下垫吃墨纸以吸汗珠，已不觉得怎样难受了。“七”月十五日居然把十二万

① 华氏温度。

字写完！因为我爱这种工作哟！我非圣人，也知道真忙与瞎忙之别矣。

所谓真忙，如写情书，如种自己的地，如发现九尾彗星，如在灵感下写诗作画，虽废寝忘食，亦无所苦。这是真正的工作，只有这种工作才能产生伟大的东西与文化。人在这样忙的时候，把自己已忘掉，眼看的是工作，心想的是工作，作梦梦的是工作，便无暇计及利害金钱等等了；心被工作充满，同时也被工作洗净，于是手脚越忙，心中越安怡，不久即成圣人矣。情书往往成为真正的文学，正在情理之中。

所谓瞎忙，表面上看来是热闹非常，其实呢它使人麻木，使文化退落，因为忙得没意义，大家并不愿作那些事，而不敢不作；不作就没饭吃。在这种忙乱情形中，人们像机器般的工作，作完了一饱一睡，或且未必一饱一睡，而半饱半睡。这里，只有奴隶，没有自由人；奴隶不会产生好的文化。这种忙乱把人的心杀死，而身体也不见得能健美。它使人恨工作，使人设尽方法去偷油儿。我现在就是这样，一天到晚在那儿作事，全是我不爱作的。我不能不去作，因为眼前有个饭碗；多咱我手脚不动，那个饭碗便啪的一声碎在地上！我得努力呀，原来是为那个饭碗的完整，多么高伟的目标呀！试观今日之世界，还不是个饭碗文明！

因此，我羡慕苏格拉底，而恨他的时代。苏格拉底之所以能忙成个圣人，正因为他的社会里有许多奴隶。奴隶们为苏格拉底作工，而苏格拉底们乃得忙其所乐意忙者。这不公道！在一个理想的文化中，必能人人工作，而且乐意工作，即便不能完全自由，至少他也不完全被责任压得翻不过身来，他能把眼睛从饭碗移开一会儿，而不至立刻啪的一声打个粉碎。在这样的社会里，大家才会真忙，而忙得有趣，有成绩。在这里，懒是一种惩罚；三天不作事会叫人疯了；想想看，灵感来了，诗已在肚中翻滚，而三天不准他写出来，或连哼哼都不许！

懒，在现在的社会里，是必然的结果，而且不比忙坏；忙出来的是什么？那末，懒又有什么不可以呢？

世界上必有那么一天，人类把忙从工作中赶出去，大家都晓得，都觉得，工作的快乐，而越忙越高兴；懒还不仅是一种羞耻，而是根本就受不了的。自然，我是看不到那样的社会了；我只能在忙得——瞎忙——要哭的时候这么希望一下吧。

原载 1935 年 6 月 30 日《益世报》

良友往事自可爱

一个人的生命，我以为，是一半儿活在朋友中的。

我所认识的沫若先生

关于沫若先生，据我看，至少有五方面值得赞述：

（一）他的文艺作品的创作及翻译；

（二）在北伐期间，他的革命功业；

（三）他在考古学上的成就；

（四）抗战以来，他的抗敌工作；

（五）他的为人。

对以上的五项，可怜，我都没有资格说话，因为：

（一）他的文艺作品及翻译，我没有完全读过，不敢乱说；而马上去搜集他的全部著作，从事研读，在今天，恐怕又不可能。

（二）关于北伐期间他的革命工作，他自己已经写出了一点；以后他还许有更详细的自述，用不着我替他说；要说，我也所知无几。

（三）对于他的考古学的成就，我只知道：遇有机会，我总是小学生似的恭听他讲说古史或古文字。因为，据专家们说：今日治考古学的人们可分为三类，第一类是学有家数，生经入史，根底坚深，但不习外国言语，昧于科学方法，用力至苦而收获无多。第二类是略知科学方法，复有研究趣味，而旧学根底不够，失之浮浅。第三类是通古如今，新旧兼胜，既不泥古，复能出新，研究结果乃能照耀全世。沫若先生，据专家们说，就属于第三类。这，我只能相信他们的话。当我恭听他讲述的时候，我只怀疑自己的理解力，一句类似批评的话也不敢说——一个外行怎敢去批评内行们所推崇的内行呢？

（四）至于抗战以来，他的抗敌工作，是眼前的事情，人人知道，我并不比别人知道的多到哪里去，也就用不着多开口。

（五）关于他的为人，我照样的没有说话的资格，因为我认识他才不过四年。

不过一位新闻记者既可以由一面之缘而写印象记，那么，相识四年，还不可以放开胆子么？根据这个聊以自解的理由，我现在要说几句没有资格来说的话。

由四年来的观察，我觉得沫若先生是个：

（一）绝顶聪明的人，这里所说的“聪明”，并不指他的多才多艺而言，因为我要说的是他的为人，而不是介绍他在文艺上与学术上的才力与成就。我说他是绝顶聪明，因为他知道他自己的天才，知道他自己的地位，而完全不利用它们去取得个人的利益与享受。反之，他老想把自己的才力聪明用到他以为有意义的事上去，即使因此而受到很大的物质上的损失和身心上的苦痛，他也不皱一皱眉！他敢去革命，敢去受苦，敢从日本小鬼的眼皮下逃回祖国，来抵抗日本小鬼！我管这叫作愚傻的聪明，假若愚傻就是舍利趋义的意思的话。这种聪明才是一个诗人的伟大处：有了它，诗人的人格才宝气珠光。

（二）沫若先生是个五十岁的小孩，因为他永是那么天真、热烈，使人看到他的笑容，他的怒色，他的温柔和蔼，而看不见，仿佛是，他的岁数。他永远真诚，等到他因真诚而受了骗的时候，他也会发怒——他的怒色是永不藏起去的。这个脾气使他不能自已的去多知多闻，对什么都感觉趣味；假若是他的才力所能及的，他便不舍昼夜去研究学习，他写字，他作诗，他学医，他翻译西洋文学名著，他考古……而且，他都把它们作得好；他是头狮子，扑什么都用全力，等到他把握到一种学术或技艺，他会像小孩拆开一件玩具那么天真，高兴，去告诉别人，领导别人；他的学问，正和他的生命一样，是要献给社会、国家与世界的。他对人也是如此，虽然不能有求必应，但凡是他所能作到的，无不尽心尽力的去为人帮忙。最使我感动的是他那随时的，真诚而并不正颜厉色的，对朋友们的规劝。这规劝，像春晓的微风似的，使人不知不觉的感到温暖，而不能不感谢他。好几次了，他注意到我贪酒。好几次了，当我辞别他的时候，他低声的，微笑的，像极怕伤了我的心似的，说：“少喝点酒啊！”好多次了，我看见他这样规劝别人——绝不是老大哥的口气，而永远是一种极同情，极关切的劝慰。在我不认识他的时候，我以为他是一条猛虎；现在，相识已有四年。我才知道他是个伏虎罗汉。

啊，五十岁的老小孩，我相信你会继续在创作上，学术研究上，抗敌工作上，用你的聪明；也相信，你会在创作研究等等而外，还时时给我们由你心中发出的春风！

原载1941年11月16日《新蜀报·蜀道》

代语堂先生拟赴美宣传大纲

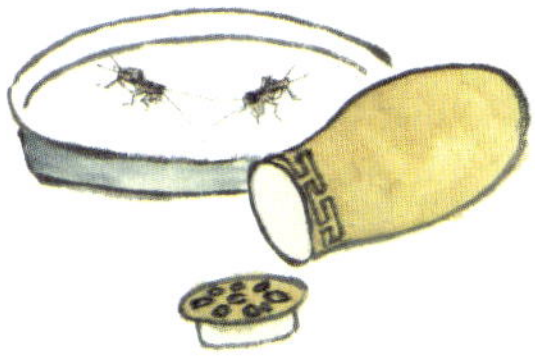

话说林语堂先生，头戴纱帽盔，上面两个大红丝线结子；遮目的是一对崂山水晶墨镜，完全接近自然，一点不合科学的制法。身上穿着一件宝蓝团龙老纱大衫，铜钮扣，没有领子——因为反对洋服的硬领，所以更进一步的爽性光着脖子。脚上一双青大缎千层底圆口皂鞋，脚脖儿上豆青的绸带扎住裤口。右手里一把斑竹八根架纸扇，一面画的是淡墨山水，一面自己写的一小段舒白香游山日记——写得非常的好，因为每个字旁都由林先生自己画了双圈。左手提着云南制的水烟袋，托子是珐琅的，非常的古艳。

林先生的身上自然还有别的东西，一一的说来未免有点烦絮；总而言之，他身上没有一件足以惹人怀疑是否国产的物品。这倒不全为提倡国货；每一件东西都是顶古雅精美的，顺手儿也宣传着东方文化。

林先生本打算雇一条带帆的渔船，或西湖上的游艇，在太平洋里一面钓着鱼，一面缓缓前进。这个办法既足以证实他的艺术生活，又足以使两个老渔夫或一对船娘能自食其力的挣口饭吃——后者恐怕是这个计划的主要目的。不过，即使大家都不怕慢，走上三五个月满不在乎，可是小船——虽然是那么有画意——恐怕干不过海洋里的风浪。真要是把老渔夫或船娘都喂了海鱼，未免有悖于人道主义。算了吧，只好坐海船吧。

为减少轮船上的俗气与洋味，林先生带着个十岁的小书僮：头上梳着两个抓髻，系着鲜红的头绳。林先生坐在甲板上的藤椅上，书僮捧着瑶琴一旁侍立。琴上无弦，省得去弹；只是个“意思”而已。

一“海”无话，林先生吃得胖胖的，就到了美国。船一到码头，新闻记者如蜜蜂一般拥上前来，全是找林先生的。林先生命书僮点起檀香，提着景泰蓝香炉在前引路，徐徐的前进。新闻记者围上前来，林先生深感不快，乃曼声曰：“吾乃——‘吾国吾民’之著者是也！没别的可说！”众畏其威，乃退。不过，林先生的相，在他没甚留神的时候，已被他们照了去；在当日的晚报就登印出来。

歇兵三日，林先生拟出宣传大纲：

一、男人应否怕老婆——阳纲不振为西方文化之大毛病。予之来所以使懦夫立也——林先生的文字是文言与白话两掺着的，特别是在草拟大纲的时候。公鸡打鸣，母鸡生蛋，天然有别。不可强易。男女平等，本是男的种田，女的纺线，各尽其职之谓。反之，像英美各国，男儿拼命挣钱，老婆不管洗衣作饭；哪道婚姻，什么平等！妇道不修，于是在恋爱之前已打听好怎样离婚，以便争取生活费，哀哉！中国古圣先贤都说夫为妻纲，已预知此害；西方无此种圣人，故大吃其亏。宜速迎东方活圣人一位，封为国师！

二、男人怎样可以不怕老婆——在今日的中国，怕老婆者穿洋服。与夫人同行，代她拿伞，抱孩子。洋服者，西洋之服，自古已然，怕老婆非一日矣！为今之计，西洋男子应马上改穿中服，以免万劫茫茫。中服威严，虽贾波林穿上亦无局促瘦窘之相。望而生畏，女人不敢大发雌威矣。中服舒服，男人知道求舒服，女人即知责任之所在；反之，自上锁镣，硬领皮鞋，以示甘受苦刑，则女人见景生情，必使跪着顶灯；猛醒吧，西洋男子！中服使人安详自在。气度安详，则威而不猛，增高身份。譬若老婆发了命令，穿大衫之丈夫可漫应之，Yes，dear；而许久不动，直至对方把命令改成央求，乃徐徐起立。穿西服之丈夫鲜能为此：洋服表示干净利落之精神，一闻令下，必须疾驱而前，显出敏捷脆快；Yes，dear，未及说完，早已一道闪光而去，脸上笑容充满宇宙。久之，夫人并发令之劳且厌之，而眉指颐使，丈夫遂成了专看眼神的动物！这还了得，西洋男子必须革命！

三、中西文化及其苍蝇——东方人的闲适，使苍蝇也得到自由；西方人的固执，苍蝇大受压迫。世界大同，虽是个理想，但总有实现之一日。以苍蝇言，在大同主义之下，必有其东方的自由，而受过西方科学的洗礼；“明日”之苍蝇必为消毒的苍蝇，活泼泼的而不负传染恶疾的责任。此事虽小，足以喻大；明乎此，可与言东西文化之交映成辉矣。（此项下还有许多节目，如中西文化及其蜈蚣，中西文化及其青蛙等，即不备录。）

四、东西的艺术及其将来——西方的艺术大体上说来，总免不了表现肉感，裸体画与雕刻是最明显的例子。东方的艺术，反之，却表现着清涤肉感，而给现实生活一些云烟林水之气。由这一点上来看，西方的精神是斑斓猛虎，有它的猛勇，活跃，及直爽；东方的精神是淡远的秋林，有它的安闲，静恬，及含蓄。这样说来，仿佛各有所长，船多并不碍江。可是细那么一想，则东方的精神实在是西方文化的矫正，特别是在都市文化发达到出了毛病的时候——像今日。西方今日之需要静恬，就是没别的更好的办法，至少也须常常看到一种秋江夕照的图画（如林先生扇子上所画的那个），常常听到一种平沙落雁的音乐，而把客厅里悬着的大光眼儿，二光眼儿，一律暂时收起。光屁股艺术有它的直爽与健康，但乐园的亚当与夏娃并非只以一丝不挂为荣，还有林花虫蝶之乐。况且假若他俩多注意些花鸟之趣，而一心无邪，恐怕到如今还住在那里——闲着画几幅山水儿什么的，给天使们鉴赏，岂不甚好？！

五、吾国与吾民——有书为证，顶好大家手执一册，焚香静读，你们多得些知识，我多收点版税，两有益的事儿。

六、幽默的意义与技巧——专为美国大学生讲；女生暂不招待，以使听完不懂得发笑，大杀风景。

七、中国今日的文艺——专为研究比较文学的讲演，听讲时须各携烟斗或香烟与洋火。讲题：（1）《论语》的创始与发展。（2）《人间世》的生灭。（3）《宇宙风》怎样刮风。

原载 1936 年 8 月《逸经》第十一期

敬悼许地山先生

地山是我的最好的朋友。以他的对种种学问好知喜问的态度，以他的对生活各方面感到的趣味，以他的对朋友的提携辅导的热诚，以他的对金钱利益的淡薄，他绝不像个短寿的人。每逢当我看见他的笑脸，握住他的柔软而戴着一个翡翠戒指的手，或听到他滔滔不断的讲说学问或故事的时候，我总会感到他必能活到八九十岁，而且相信若活到八九十岁，他必定还能像年轻的时候那样有说有笑，还能那样说干什么就干什么，永不驳回朋友的要求，或给朋友一点难堪。

地山竟自会死了——才将快到五十的边儿上吧。

他是我的好友。可是，我对于他的身世知道的并不十分详细。不错，他确是告诉过我许多关于他自己的事情；可是，大部分都被我忘掉了。一来是我的记性不好；二来是当我初次看见他的时候，我就觉得“这是个朋友”，不必细问他什么；即使他原来是个强盗，我也只看他可爱；我只知道面前是个可爱的人，就是一点也不晓得他的历史，也没有任何关系！况且，我还深信他会活到八九十岁呢。让他讲那些有趣的故事吧，让他说些对种种学术的心得与研究方法吧；至于他自己的历史，忙什么呢？等他老年的时候再说给我听，也还不迟啊！

可是，他已经死了！

我知道他是福建人。他的父亲作过台湾的知府——说不定他就生在台湾。他有一位舅父，是个很有才而后来作了不十分规矩的和尚的。由这位舅父，他大概自幼就接近了佛说，读过不少的佛经。还许因为这位舅父的关系，他曾在仰光一带住过，给了他不少后来写小说的资料。他的妻早已死去，留下一个小女孩。他手上的翡翠戒指就是为纪念他的亡妻的。从英国回到北平，他续了弦。这位太太姓周，我曾在北平和青岛见到过。

以上这一点：事实恐怕还有说得不十分正确的地方，我的记性实在太坏了！记得我到牛津去访他的时候，他告诉了我为什么老戴着那个翡翠戒指；同时，他说了许许多多关于他的舅父的事。是的，清清楚楚的我记得他由述说这位舅父而谈到禅宗的长短，因为他老人家便是禅宗的和尚。可是，除了这一点，我把好些极有趣的事全忘得一干二净；后悔没把它们都笔记下来！

我认识地山，是在二十年前了。那时候，我的工作不多，所以常到一个教会去帮忙，作些“社会服务”的事情。地山不但常到那里去，而且有时候住在那里，因此我认识了他。我呢，只是个中学毕业生，什么学识也没有。可是地山在那时候已经在燕大毕业而留校教书，大家都说他是个很有学问的青年。初一认识他，我几乎不敢希望能与他为友，他是有学问的人哪！可是，他有学问而没有架子，他爱说笑话，村的雅的都有；他同我去吃八个铜板十只的水饺，一边吃一边说，不一定说什么，但总说得有趣。我不再怕他了。虽然不晓得他有多大的学问，可是的确知道他是个极天真可爱的人了。一来二去，我试着步去问他一些书本上的事；我生怕他不肯告诉我，因为我知道有些学者是有这样脾气的：他可以和你交往，不管你是怎样的人；但是一提到学问，他就不肯开口了；不是他不肯把学问白白送给人，便是不屑于与一个没学问的人谈学问——他的神色表示出来，跟你来往已是降格相从，至于学问之事，哈哈……但是，地山绝对不是这样的人。他愿意把他所知道的告诉人，正如同他愿给人讲故事。他不因为我向他请教而轻视我，而且也并不板起面孔表示他有学问。和谈笑话似的，他知道什么便告诉我什么，没有矜持，没有厌倦，教我佩服他的学识，而仍认他为好友。学问并没有毁坏了他的为人，像那些气焰千丈的“学者”那样。他对我如此，对别人也如此；在认识他的人中，我没有听到过背地里指摘他，说他不够个朋友的。

不错，朋友们也有时候背地里讲究他；谁能没有些毛病呢。可是，地山的毛病只是朋友们又气又笑的那一种，绝无损于他的人格。他不爱写信。你给他十封信，他也未见得答复一次；偶尔回答你一封，也只有几个奇形怪状的字，写在张随手拾来的破纸上。我管他的字叫作鸡爪体，真是难看。这也许是他不愿写信的原因之一吧？另一毛病是不守时刻。口头的或书面的通知，何时开会或何时集齐，对他绝不发生作用。只要他在图书馆中坐下，或和友人谈起来，就不用再希望他还能看看钟表。所以，你设若不亲自拉他去赴会就约，那就是你的过错；他是永远不记着时刻的。

一九二四年初秋，我到了伦敦，地山已先我数日来到。他是在美国得了硕士学位，再到牛津继续研究他的比较宗教学的；还未开学，所以先在伦敦住几天，我和他住在了一处。他正用一本中国小商店里用的粗纸账本写小说。那时节，我对文艺还没有发生什么兴趣，所以就没大注意他写的是哪一篇。几天的工夫，他带着我到城里城外玩耍，把伦敦看了一个大概。地山喜欢历史，对宗教有多年的研究，对古生物学有浓厚的兴趣。由他领着逛伦敦，是多么有趣、有益的事呢！同时，他绝对不是“月亮也是外国的好”的那种留学生。说真的，他有时候过火的厌恶外国人。因为要批判英国人，他甚至于连英国人有礼貌，守秩序，和什么喝汤不准出响声，都看成愚蠢可笑的事。因此，我一到伦敦，就借着他的眼睛看到那古城的许多宝物，也看到它那阴暗的一方面，而不至糊糊涂涂的断定伦敦的月亮比北平的好了。

不久，他到牛津去入学。暑假寒假中，他必到伦敦来玩几天。“玩”这个字，在这里，用得很妥当，又不很妥当。当他遇到朋友的时候，他就忘了自己：朋友们说怎样，他总不驳回。去到东伦敦买黄花木耳，大家作些中国饭吃？好！去逛动物园？好！玩扑克牌？好！他似乎永远没有忧郁，永远不会说“不”。不过，最好还是请他闲扯。据我所知道的，除各种宗教的研究而外，他还研究人学、民俗学、文学、考古学；他认识古代钱币，能鉴别古画，学过梵文与巴利文。请他闲扯，他就能——举个例说——由男女恋爱扯到中古的禁欲主义，再扯到原始时代的男女关系。他的故事多，书本上的佐证也丰富。他的话一会儿低降到贩夫走卒的俗野，一会儿高飞到学者的深刻高明。他谈一整天并无倦容，大家听一天也不感疲倦。

不过，你不要让他独自溜出去。他独自出去，不是到博物院，必是入图书馆。一进去，他就忘了出来。有一次，在上午八九点钟，我在东方学院的图书馆楼上发现了他。到吃午饭的时候，我去唤他，他不动。一直到下午五点，他才出来，还是因为图书馆已到关门的时间的原故。找到了我，他不住的喊“饿”，是啊，他已饿了十点钟。在这种时节，“玩”字是用不得的。

牛津不承认他的美国的硕士学位，所以他须花二年的时光再考硕士。他的论文是《法华经》的介绍，在预备这本论文的时候，他还写了一篇相当长的文章，在世界基督教大会上去宣读。这篇文章的内容是介绍道教。在一般的浮浅传教师心里，中国的佛教与道教不过是与非洲黑人或美洲红人所信的原始宗教差不多。地山这篇文章使他们闻所未闻，而且得到不少宗教学学者的称赞。

他得到牛津的硕士。假若他能继续住二年，他必能得到文学博士——最荣誉的学位。论文是不成问题的，他能于很短的期间预备好。但是，他必须再住二年；校规如此，不能变更。他没有住下去的钱，朋友们也不能帮助他。他只好以硕士为满意，而离开英国。

在他离英以前，我已试写小说。我没有一点自信心，而他又没工夫替我看看。我只能抓着机会给他朗读一两段。听过了几段，他说："可以，往下写吧！"这，增多了我的勇气。他的文艺意见，在那时候，仿佛是偏重于风格与情调；他自己的作品都多少有些传奇的气息，他所喜爱的作品也差不多都是浪漫派的。他的家世，他的在南洋的经验，他的旧文学的修养，他的喜研究学问而又不忍放弃文艺的态度，和他自己的生活方式，我想，大概都使他倾向着浪漫主义。

单说：他的生活方式吧。我不相信他有什么宗教的信仰，虽然他对宗教有深刻的研究，可是，我也不敢说宗教对他完全没有影响。他的言谈举止都像个诗人。假若把"诗人"按照世俗的解释从他的生活中扩展起来，他就应当有很古怪奇特的行动与行为。但是，他并没作过什么怪事。他明明知道某某人对他不起，或是知道某某人的毛病，他仍然是一团和气，以朋友相待。他不会发脾气。在他的嘴里，有时候是乱扯一阵，可是他的私生活是很严肃的，他既是诗人，又是"俗"人。为了读书，他可以忘了吃饭。但一讲到吃饭，他却又不惜花钱。

他并不孤高自赏。对于衣食住行他都有自己的主张，可是假若别人喜欢，他也不便固执己见。他能过很苦的日子。在我初认识他的几年中，他的饭食与衣服都是极简单朴俭。他结婚后，我到北平去看他，他的住屋衣服都相当讲究了。也许是为了家庭间的和美，他不便于坚持己见吧。虽然由破夏布褂子换为整齐的绫罗大衫，他的脱口而出的笑话与戏谑还完全是他，一点儿也没改。穿什么，吃什么，他仿佛都能随遇而安，无所不可。在这里和在其他的好多地方，他似乎受佛教的影响较基督教的为多，虽然他是在神学系毕业，而且也常去作礼拜。他像个禅宗的居士，而绝不能成为一个清教徒。

不但亲戚朋友能影响他，就是不相识而偶然接触的人也能临时的左右他。有一次，我在“家”里，他到伦敦城里去干些什么。日落时，他回来了，进门便笑，而且不住的摸他的刚刚刮过的脸。我莫名其妙。他又笑了一阵。“教理发匠挣去两镑多！”我吃了一惊。那时候，在伦敦理发普通是八个便士，理发带刮脸也不过是一个先令，“怎能花两镑多呢？”原来是理发匠问他什么，他便答应什么，于是用香油香水洗了头，电气刮了脸，还不得两镑多么？他绝想不起那样打扮自己，但是理发匠的建议是不能驳回的！

自从他到香港大学任事，我们没有会过面，也没有通过信；我知道他不喜欢写信，所以也就不写给他。抗战后，为了香港文协分会的事，我不能不写信给他了，仍然没有回信。可是，我准知道，信虽没有，事情可是必定办了。果然，从分会的报告和友人的函件中，我晓得了他是极热心会务的一员。我不能希望他按时回答我的信，可是我深信他必对分会卖力气，他是个极随便而又极不随便的人，我知道。

我自己没有学问，不能妥切的道出地山在学术上的成就何如。我只知道，他极用功，读书很多，这就值得钦佩，值得效法。对文艺，我没有什么高明的见解，所以不敢批评地山的作品。但是我晓得，他向来没有争过稿费，或恶意的批评过谁。这一点，不但使他能在香港文协分会以老大哥的身份德望去推动会务，而且在全国文艺界的团结上也有重大的作用。

是的，地山的死是学术界文艺界的极重大的损失！至于谈到他与我私人的关系，我只有落泪了；他既是我的“师”，又是我的好友！

啊，地山！你记得给我开的那张“佛学入门必读书”的单子吗？你用功，也希望我用功；可是那张单子上的六十几部书，到如今我一部也没有读啊！

你记得给我打电报，教我到济南车站去接周校长吗？多么有趣的电报啊！知道我不认识她，所以你教她穿了黑色旗袍，而电文是：“×日×时到站接黑衫女”！当我和妻接到黑衫女的时候，我们都笑得闭不上口啊。朋友，你托友好作一件事，都是那样有风趣啊！啊，昔日的趣事都变成今日的泪源。你怎可以死呢！

不能再往下写了……

原载 1941 年 8 月 17 日重庆《大公报》

宗月大师

在我小的时候，我因家贫而身体很弱。我九岁才入学。因家贫体弱，母亲有时候想教我去上学，又怕我受人家的欺侮，更因交不上学费，所以一直到九岁我还不识一个字。说不定，我会一辈子也得不到读书的机会。因为母亲虽然知道读书的重要，可是每月间三四吊钱的学费，实在让她为难。母亲是最喜脸面的人。她迟疑不决，光阴又不等待着任何人，荒来荒去，我也许就长到十多岁了。一个十多岁的贫而不识字的孩子，很自然的去作个小买卖——弄个小筐，卖些花生、煮豌豆或樱桃什么的。要不然就是去学徒。母亲很爱我，但是假若我能去作学徒，或提篮沿街卖樱桃而每天赚几百钱，她或者就不会坚决的反对。穷困比爱心更有力量。

有一天刘大叔偶然的来了。我说“偶然的”，因为他不常来看我们。他是个极富的人，尽管他心中并无贫富之别，可是他的财富使他终日不得闲，几乎没有工夫来看穷朋友。一进门，他看见了我。“孩子几岁了？上学没有？”他问我的母亲。他的声音是那么洪亮，（在酒后，他常以学喊俞振庭的《金钱豹》自傲）他的衣服是那么华丽，他的眼是那么亮，他的脸和手是那么白嫩肥胖，使我感到我大概是犯了什么罪。我们的小屋，破桌凳、土炕，几乎禁不住他的声音的震动。等我母亲回答完，刘大叔马上决定：“明天早上我来，带他上学，学钱、书籍，大姐你都不必管！”我的心跳起多高，谁知道上学是怎么一回事呢！

第二天，我像一条不体面的小狗似的，随着这位阔人去入学。学校是一家改良私塾，在离我的家有半里多的一座道士庙里。庙不甚大，而充满了各种气味：一进山门先有一股大烟味，紧跟着便是糖精味（有一家熬制糖球糖块的作坊），再往里，是厕所味，与别的臭味。学校是在大殿里。大殿两旁的小屋住着道士，和道士的家眷。大殿里很黑，很冷。神像都用黄布挡着，供桌上摆着孔圣人的牌位。学生都面朝西坐着，一共有三十来人。西墙上有一块黑板——这是“改良”私塾。老师姓李，一位极死板而极有爱心的中年人。刘大叔和李老师“嚷”了一顿，而后叫我拜圣人及老师。老师给了我一本《地球韵言》和一本《三字经》。我于是，就变成了学生。

自从作了学生以后，我时常的到刘大叔的家中去。他的宅子有两个大院子，院中几十间房屋都是出廊的。院后，还有一座相当大的花园。宅子的左右前后全是他的房屋，若是把那些房子齐齐的排起来，可以占半条大街。此外，他还有几处铺店。每逢我去，他必招呼我吃饭，或给我一些我没有看见过的点心。他绝不以我为一个苦孩子而冷淡我，他是阔大爷，但是他不以富傲人。

在我由私塾转入公立学校去的时候，刘大叔又来帮忙。这时候，他的财产已大半出了手。他是阔大爷，他只懂得花钱，而不知道计算。人们吃他，他甘心教他们吃；人们骗他，他付之一笑。他的财产有一部分是卖掉的，也有一部分是被人骗了去的。他不管；他的笑声照旧是洪亮的。

到我在中学毕业的时候，他已一贫如洗，什么财产也没有了，只剩了那个后花园。不过，在这个时候，假若他肯用用心思，去调整他的产业，他还能有办法教自己丰衣足食，因为他的好多财产是被人家骗了去的。可是，他不肯去请律师。贫与富在他心中是完全一样的。假若在这时候，他要是不再随便花钱，他至少可以保住那座花园，和城外的地产。可是，他好善。尽管他自己的儿女受着饥寒，尽管他自己受尽折磨，他还是去办贫儿学校，粥厂，等等慈善事业。他忘了自己。就是在这个时候，我和他过往的最密。他办贫儿学校，我去作义务教师。他施舍粮米，我去帮忙调查及散放。在我的心里，我很明白：放粮放钱不过只是延长贫民的受苦难的日期，而不足以阻拦住死亡。但是，看刘大叔那么热心，那么真诚，我就顾不得和他辩论，而只好也出点力了。即使我和他辩论，我也不会得胜，人情是往往能战败理智的。

在我出国以前，刘大叔的儿子死了。而后，他的花园也出了手。他入庙为僧，夫人与小姐入庵为尼。由他的性格来说，他似乎势必走入避世学禅的一途。但是由他的生活习惯上来说，大家总以为他不过能念念经，布施布施僧道而已，而绝对不会受戒出家。他居然出了家。在以前，他吃的是山珍海味，穿的是绫罗绸缎。他也嫖也赌。现在，他每日一餐，入秋还穿着件夏布道袍。这样苦修，他的脸上还是红红的，笑声还是洪亮的。对佛学，他有多么深的认识，我不敢说。我却真知道他是个好和尚，他知道一点便去作一点，能作一点便作一点。他的学问也许不高，但是他所知道的都能见诸实行。

出家以后，他不久就作了一座大寺的方丈。可是没有好久就被驱除出来。他是要作真和尚，所以他不惜变卖庙产去救济苦人。庙里不要这种方丈。一般的说，方丈的责任是要扩充庙产，而不是救苦救难的。离开大寺，他到一座没有任何产业的庙里作方丈。他自己既没有钱，他还须天天为僧众们找到斋吃。同时，他还举办粥厂等等慈善事业。他穷，他忙，他每日只进一顿简单的素餐，可是他的笑声还是那么洪亮。他的庙里不应佛事，赶到有人来请，他便领着僧众给人家去唪真经，不要报酬。他整天不在庙里，但是他并没忘了修持；他持戒越来越严，对经义也深有所获。他白天在各处筹钱办事，晚间在小室里作工夫。谁见到这位破和尚也不曾想到他曾是个在金子里长起来的阔大爷。

去年，有一天他正给一位圆寂了的和尚念经，他忽然闭上了眼，就坐化了。火葬后，人们在他的身上发现许多舍利。

没有他，我也许一辈子也不会入学读书。没有他，我也许永远想不起帮助别人有什么乐趣与意义。他是不是真的成了佛？我不知道。但是，我的确相信他的居心与言行是与佛相近似的。我在精神上，物质上都受过他的好处，现在我的确愿意他真的成了佛，并且盼望他以佛心引领我向善，正像在三十五年前，他拉着我去入私塾那样！

他是宗月大师。

原载1940年1月23日《华西日报·每周文艺》

四位先生

吴组缃先生的猪

从青木关到歌乐山一带，在我所认识的文友中要算吴组缃先生最为阔绰。他养着一口小花猪。据说，这小动物的身价，值六百元。

每次我去访组缃先生，必附带的向小花猪致敬，因为我与组缃先生核计过了：假若他与我共同登广告卖身，大概也不会有人出六百元来买！

有一天，我又到吴宅去。给小江——组缃先生的少爷——买了几个比醋还酸的桃子。拿着点东西，好搭讪着骗顿饭吃，否则就太不好意思了。一进门，我看见吴太太的脸比晚日还红。我心里一想，便想到了小花猪。假若小花猪丢了，或是出了别的毛病，组缃先生的阔绰便马上不存在了！一打听，果然是为了小花猪：它已绝食一天了。我很着急，急中生智，主张给它点奎宁吃，恐怕是打摆子。大家都不赞同我的主张。我又建议把它抱到床上盖上被子睡一觉，出点汗也许就好了；

焉知道不是感冒呢？这年月的猪比人还娇贵呀！大家还是不赞成。后来，把猪医生请来了。我颇兴奋，要看看猪怎么吃药。猪医生把一些草药包在竹筒的大厚皮儿里，使小花猪横衔着，两头向后束在脖子上：这样，药味与药汁便慢慢走入里边去。把药包儿束好，小花猪的口中好像生了两个翅膀，倒并不难看。

虽然吴宅有此骚动，我还是在那里吃了午饭——自然稍微的有点不得劲儿！

过了两天，我又去看小花猪——这回是专程探病，绝不为看别人；我知道现在猪的价值有多大——小花猪口中已无那个药包，而且也吃点东西了。大家都很高兴，我就又就棍打腿的骗了顿饭吃，并且提出声明：到冬天，得分给我几斤腊肉！组缃先生与太太没加任何考虑便答应了。吴太太说：“几斤？十斤也行！想想看，那天它要是一病不起……”大家听罢，都出了冷汗！

马宗融先生的时间观念

马宗融先生的表大概是、我想是一个装饰品。无论约他开会，还是吃饭，他总迟到一个多钟头，他的表并不慢。

来重庆，他多半是住在白象街的作家书屋。有的说也罢，没的说也罢，他总要谈到夜里两三点钟。假若不是别人都困得不出一声了，他还想不起上床去。有人陪着他谈，他能一直坐到第二天夜里两点钟。表、月亮、太阳，都不能引起他注意到时间。

比如说吧，下午三点他须到观音岩去开会，到两点半他还毫无动静。“宗融兄，不是三点，有会吗？该走了吧？”有人这样提醒他，他马上去戴上帽子，提起那有茶碗口粗的木棒，向外走。“七点吃饭。早回来呀！”大家告诉他。他回答声“一定回来”，便匆匆地走出去。

到三点的时候，你若出去，你会看见马宗融先生在门口与一位老太婆，或是两个小学生，谈话儿呢！即使不是这样，他在五点以前也不会走到观音岩。路上每遇到一位熟人，便要谈，至少有十分钟的话。若遇上打架吵嘴的，他得过去解劝，还许把别人劝开，而他与另一位劝架的打起来！遇上某处起火，他得帮着去救。有人追赶扒手，他必然得加入，非捉到不可。看见某种新东西，他得过去问问价钱，不管买与不买。看到戏报子，马上他去借电话，问还有票没有……这样，他从白象街到观音岩，可以走一天，幸而他记得开会那件事，所以只走两三个钟头，到了开会的地方，即使大家已经散了会，他也得坐两点钟，他跟谁都谈得来，都谈得有趣，很亲切，很细腻。有人随便哼了一句二黄，他立刻请教给他；有人刚买一条绳子，他马上拿过来练习跳绳——五十岁了啊！

七点，他想起来回白象街吃饭，归路上，又照样的劝架，救火，追贼，问物价，打电话……至早，他在八点半左右走到目的地。满头大汗，三步当作两步走的。他走了进来，饭早已开过了。

所以，我们与友人定约会的时候，若说随便什么时间，早晨也好，晚上也好，反正我一天不出门，你哪时来也可以，我们便说“马宗融的时间吧”！

姚蓬子先生的砚台

作家书屋是个神秘的地方，不信你交到那里一份文稿，而三五日后再亲自去索回，你就必定不说我扯谎了。

进到书屋，十之八九你找不到书屋的主人——姚蓬子先生。他不定在哪里藏着呢。他的被褥是稿子，他的枕头是稿子，他的桌上、椅上、窗台上……全是稿子。简单的说吧，他被稿子埋起来了。当你要稿子的时候，你可以看见一个奇迹。假如说尊稿是十张纸写的吧，书屋主人会由枕头底下翻出两张，由裤袋里掏出三张，书架里找出两张，窗子上揭下一张，还欠两张。你别忙，他会由老鼠洞里拉出那两张，一点也不少。

单说蓬子先生的那块砚台，也足够惊人了！那是块无法形容的石砚。不圆不方，有许多角儿，有任何角度。有一点沿儿，豁口甚多，底子最奇，四周翘起，中间的一点凸出，如元宝之背，它会像陀螺似的在桌上乱转，还会一头高一头低地倾斜，如浪中之船。我老以为孙悟空就是由这块石头跳出去的！

到磨墨的时候，它会由桌子这一端滚到那一端，而且响如快跑的马车。我每晚十时必就寝，而对门儿书屋的主人要办事办到天亮。从十时到天亮，他至少研十次墨，一次比一次响——到夜最静的时候，大概连南岸都感到一点震动。从我到白象街起，我没做过一个好梦，刚一入梦，砚台来了一阵雷雨，梦为之断。在夏天，砚一响，我就起来拿臭虫。冬天可就不好办，只好咳嗽几声，使之闻之。

现在，我已交给作家书屋一本书，等到出版，我必定破费几十元，送给书屋主人一块平底的，不出声的砚台！

何容先生的戒烟

首先要声明：这里所说的烟是香烟，不是鸦片。

从武汉到重庆，我老同何容先生在一间屋子里，一直到前年八月间。在武汉的时候，我们都吸“大前门”或“使馆”牌；小大“英”似乎都不够味儿。到了重庆，小大“英”似乎变了质，越来越“够”味儿了，“前门”与“使馆”倒仿佛没了什么意思。慢慢的，“刀”牌与“哈德门”又变成我们的朋友，而与小大“英”，不管是谁的主动吧，好像冷淡得日甚一日，不久，“刀”牌与“哈德门”又与我们发生了意见，差不多要绝交的样子。何容先生就决心戒烟！

在他戒烟之前，我已声明过：“先上吊。后戒烟！”本来吗，“弃妇抛雏”的流亡在外，吃不敢进大三元，喝么也不过是清一色（黄酒贵，只好吃点白干），女友不敢去交，男友一律是穷光蛋，住是二人一室，睡是臭虫满床，再不吸两支香烟，还活着干吗？可是，一看何容先生戒烟，我到底受了感动，既觉自己无勇，又钦佩他的伟大；所以，他在屋里，我几乎不敢动手取烟，以免动摇他的坚决！

何容先生那天睡了十六个钟头，一支烟没吸！醒来，已是黄昏，他便独自走出去。我没敢陪他出去，怕不留神递给他一支烟，破了戒！掌灯之后，他回来了，满面红光，含着笑，从口袋中掏出一包土产卷烟来。“你尝尝这个，”他客气地让我，“才一个铜板一支！有这个，似乎就不必戒烟了！没有必要！”把烟接过来，我没敢说什么，怕伤了他的尊严。面对面的，把烟燃上，我俩细细地欣赏。头一口就惊人，冒的是黄烟，我以为他误把爆竹买来了！听了一会儿，还好，并没有爆炸，就放胆继续地吸。吸了不到四五口，我看见蚊子都争着向外边飞，我很高兴。既吸烟，又驱蚊，太可贵了！再吸几口之后，墙上又发现了臭虫，大概也要搬家，我更高兴了！吸到了半支，何容先生与我也跑出去了，他低声地说：“看样子，还得戒烟！”

何容先生二次戒烟，有半天之久。当天的下午，他买来了烟斗与烟叶。“几毛钱的烟叶，够吃三四天的，何必一定戒烟呢！”他说。吸了几天的烟斗，他发现了：（一）不便携带；（二）不用力，抽不到；用力，烟油射在舌头上；（三）费洋火；（四）须天天收拾，麻烦！有此四弊，他就戒烟斗，而又吸上香烟了。“始作卷烟者，其无后乎！”他说。

最近二年，何容先生不知戒了多少次烟了，而指头上始终是黄的。

原载1942年6月22、23、24、25日《新民报晚刊·西方夜谈》

鲁迅先生逝世二周年纪念

我所认识的鲁迅先生，是从他的著作中见到的，我没有与他会过面。当鲁迅先生创造出阿Q的时候，我还没想到到文艺界来作一名小卒，所以就没有访问求教的机会与动机。及至先生住沪，我又不喜到上海去，故又难得相见。四年前的初秋，我到上海，朋友们约我吃饭，也约先生来谈谈。可是，先生的信须由一家书店转递；他第二天派人送来信，说：昨天的信送到的太晚了。我匆匆北返，二年的工夫没能再到上海，与先生见面的机会遂永远失掉！

在一本什么文学史中（书名与著者都想不起来了），有大意是这样的一句话："鲁迅自成一家，后起摹拟者有老舍等人。"这话说得对，也不对。不对，因为我是读了些英国的文艺之后，才决定也来试试自己的笔，狄更斯是我在那时候最爱读的，下至于乌德豪司[1]与哲扣布[2]也

① 现通常译作沃德豪斯，英国小说家、诗人、剧作家。

② 现通常译作雅格布斯。

都使我欣喜。这就难怪我一拿笔，便向幽默这边滑下来了。对，因为像阿 Q 那样的作品，后起的作家们简直没法不受他的影响；即使在文字与思想上不便去摹仿，可是至少也要得到一些启示与灵感。它的影响是普遍的。一个后起的作家，尽管说他有他自己的创作的路子，可是他良心上必定承认他欠鲁迅先生一笔债。鲁迅先生的短文与小说才真使新文艺站住了脚，能与旧文艺对抗。这样，有人说我是“鲁迅派”，我当然不愿承认，可是决不肯灭着良心否认阿 Q 的作者的伟大，与其作品的影响的普遍。

我没见过鲁迅先生，只能就着他的著作去认识他，可是现在手中连一本书也没有！不能引证什么了，凭他所给我的印象来作这篇纪念文字吧。这当然不会精密，容或还有很大的错误，可是一个人的著作能给读者以极强极深的印象，即使其中有不尽妥确之处，是多么不容易呢！看了泰山的人，不一定就认识泰山，但是泰山的高伟是他毕生所不能忘记的。他所看错的几点，并无害于泰山的伟大。

看看《鲁迅全集》的目录，大概就没人敢说：这不是个渊博的人。可是渊博二字还不是对鲁迅先生的恰好的赞词。学问渊博并不见得必是幸福。有的人，正因其渊博，博览群籍，出经入史，所以他反倒不敢道出自己的意见与主张，而取着述而不作的态度。这种人好像博物院的看守者，只能保守，而无所施展。有的人，因为对某种学问或艺术的精究博览，就慢慢的摆出学者的架子，把自己所知的那些视为研究的至上品，此外别无他物值得探讨，自己的心得是前无古人，后无来者；假若他也喜创作的话，他必是从他所阅览过的作品中，求字字句句有出处，有根据；他“作”而不“创”。他牺牲在研究中，而且牺牲得冤枉。让我们看看鲁迅先生吧。在文艺上，他博通古今中外，可是这些学问并没把他吓住。他写古文古诗写得极好，可并不尊唐或崇汉，把自己放在某派某宗里去，以自尊自限。古体的东西他能作，新的文艺无论在理论上与实验上，他又都站在最前面；他不以对旧物的探索而阻碍对新物的创造。他对什么都有研究的趣味，而永远不被任何东西迷住心。他随时研究，随时判断。他的判断力使他无论对旧学问或新知识都敢说话。他的话，不是学究的掉书袋，而是准确的指示给人们以继续研讨的道路。

学问比他更渊博的，以前有过，以后还有；像他这样把一时代治学的方法都抓住，左右逢源的随时随事都立在领导的地位，恐怕一个世纪也难见到一两位吧。吸收了“五四”运动的“从新估价”的精神，他疑古反古，把每时代的东西还给每时代。博览了东西洋的文艺，他从事翻译与创作。他疑古，他也首创，他能写极好的古体诗文，也热烈的拥护新文艺，并且牵引着它前进。他是这一时代的纪念碑。在文艺上，事事他关心，事事他有很高的成就。天才比他小一点的，努力比他少一点的，只能循着一条路线前进，或精于古，或专于新；他却像十字路口的警察，指挥着全部交通。在某一点上，有人能突破他的纪录，可是有谁敢和他比比“全能”比赛呢！

也许有人会说：在文艺理论方面，鲁迅先生只尽了介绍的责任，并未曾建设出他自己的有系统的学说；而且所介绍的也显着杂乱不纯。假若这话是对的，就请想想看吧，批判别人的时候，不是往往忘却别人的努力，而老嫌人家作得不够吗？设若能看到这一点，我们不是应当看看自己，我们自己假如也把研究、创作、翻译，同时并作，像鲁迅先生那样，我们的成绩又能有多少呢？我们就是对于一位圣人，也应不客气的批评，可是我们也应当晓得批评不仅是发威，而是于批评中，取得被批评者的最良最崇高的精神，以自策自励。鲁迅先生能于整理国故而外，去介绍，去翻译，就已经是难能可贵的事。一个人的精力与天才永远不能完全与他的志愿与计划相配合，人生最大的苦痛啊！只有明知这苦痛是越来越深，而杀上前去，以身殉志的，才是英雄。鲁迅先生的精神便是永远不屈不挠，不自满，不自馁。鲁迅先生的精神能以不死，那就靠后起者也能死而后已的继续努力。抓住一位英雄的弱点以开心自慰，既无损于英雄，又无益于自己，何苦来呢！

还有人也许说，鲁迅先生的后期著作，只是一些小品文，未免可惜，假若他能闭户写作，不问外间的事，也许能写出比阿 Q 更伟大的东西，岂不更好？

是的，鲁迅先生也许能那样的写出更伟大的作品。可是，那就不成其为鲁迅先生了。希望鲁迅先生去专心著作的人，虽然用着惋惜的语调，可是心中实在暗暗的不满意！不满意他因爱护青年，帮忙青年，而用去许多时间；不满意他因好管闲事而浪费了许多笔墨。

我不晓得假若鲁迅先生关上屋门，立志写伟大的作品，能够有什么贡献；我不喜猜想。我却准知道鲁迅先生的爱护青年与好管闲事是值得钦佩的事，他有颗纯洁的心，能接近青年；他有奋斗的怒火，去管闲事。是的，先生的爱护青年，有时候近于溺爱了；可是佛连一个蚂蚁也爱呢！母亲的伟大往往使她溺爱儿女；这只有母亲自己晓得其中的意义，旁观者只能表示惋惜与不满，因为旁观者不是母亲，也就代替不了母亲，明白不了母亲，自己不是母亲，没有慈心，觉得青年们都应该严加管束，把青年们管束得像羊羔一样老实，长者才可逍遥自在的为所欲为。为长者计，这实在是不错的办法。可是，青年呢？长者的聪明往往把“将来”带到自己的棺材里去，青年成了殉葬者。鲁迅先生不是这样的长者，他宁可少写些文章，而替青年们看稿子；他宁可少享受一些，而替青年们掏钱印书，他提拔青年，因为他不肯只为自己的不朽，而把青年们活埋了。这也许是很傻的事吧？可是最智慧的人似乎都有点傻气。

至于爱管闲事，的确使鲁迅先生得罪了不少的人。他的不留情的讽刺讥骂，实在使长者们难堪，因此也就要不得。中国人不会愤怒，也不喜别人挂火，而鲁迅先生却是最会挂火的人。假若他活到今日，我想他必不会老老实实的住在上海，而必定用他的笔时时刺着那些不会怒，不肯牺牲的人们的心。在长者们，也许暗中说句："幸而那个家伙死了。"可是，我们上哪里去找另一个鲁迅呢？我们自惭；自惭假若没有多少用处，让我们在纪念鲁迅先生的时候，挺起我们的胸来吧！

只写了些小品文吗？据我看，鲁迅先生的最大成就便是小品文。我敢说，他的学问限制不了后起者的更进一步，他的小说也拦不住后起者的猛进直前。小品文，在五十年内恐怕没有第二把手，来与他争光。他会怒，越怒，文字越好。文字容易摹仿，怒火可是不易借来。他的旧学问好，新知识广博，他能由旧而新，随手拾掇极精确的字与词，得到惊人的效果。你只能摘用他所用过的，而不易像他那样把新旧的工具都搬来应用，用创造的能力把古今的距离缩短，而成为他独有的东西。他长于古文古诗，又博览东西的文艺，所以他会把最简单的言语（中国话），调动得（极难调动）跌宕多姿，永远新鲜，永远清晰，永远软中透硬，永远厉害而不粗鄙。他以最大的力量，把感情、思想、文字，容纳在一两千字里，像块玲珑的瘦石，而有手榴弹的作用。只写了些短文么？啊，这是前无古人，恐怕也是后无来者的文艺建设！

燃起我们的怒火吧，青年！以学识，以正义感，以最有力的文字，尽力于抗战建国的事业吧！在抗战中纪念鲁迅先生，我们必须有这个决心！

原载 1938 年 10 月 22 日《抗战文艺》第二卷第七期

天真的幽默家

我明白了我们的时代——没办法就是办法的时代。一个人无需为他的时代着急，也无需为个人着急，他只需天真地没办法，自然会在波浪上浮着。

谈幽默

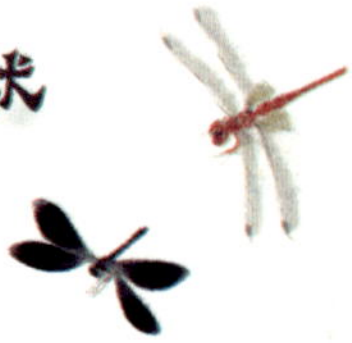

“幽默”这个字在字典上有十来个不同的定义。还是把字典放下，让咱们随便谈吧。据我看，它首要的是一种心态。我们知道，有许多人是神经过敏的，每每以过度的感情看事，而不肯容人。这样人假若是文艺作家，他的作品中必含着强烈的刺激性，或牢骚，或伤感；他老看别人不顺眼，而愿使大家都随着他自己走，或是对自己的遭遇不满，而伤感的自怜。反之，幽默的人便不这样，他既不呼号叫骂，看别人都不是东西，也不顾影自怜，看自己如一活宝贝。他是由事事中看出可笑之点，而技巧的写出来。他自己看出人间的缺欠，也愿使别人看到。不但仅是看到，他还承认人类的缺欠；于是人人有可笑之处，他自己也非例外，再往大处一想，人寿百年，而企图无限，根本矛盾可笑。于是笑里带着同情，而幽默乃通于深奥。所以Thackeray①说：“幽默的写家是要唤醒与指导你的爱心，怜悯，善意——你的恨恶不实在，

① 英国作家，萨克雷。

假装，作伪——你的同情与弱者，穷者，被压迫者，不快乐者。”

Walpole [1]说：“幽默者‘看’事，悲剧家‘觉’之。”这句话更能补证上面的一段。我们细心“看”事物，总可以发现些缺欠可笑之处；及至钉着坑儿去咂摸，便要悲观了。

我们应再进一步的问，除了上面这点说明，能不能再清楚一些的认识幽默呢？好吧，我们先拿出几个与它相近，而且往往与它相关的几个字，与它比一比，或者可以稍微使我们清楚一点。反语（irony）讽刺（satire），机智（wit），滑稽剧（farce），奇趣（whimsicality），这几个字都和幽默有相当的关系。我们先说那个最难讲的——奇趣。这个字在应用上是很松泛的，无论什么样子的打趣与奇想都可以用这个字来表示，《西游记》的奇事，《镜花缘》中的冒险，《庄子》的寓言，都可以叫作奇趣。可是，在分析文艺品类的时候，往往以奇趣与幽默放在一处，如《现代小说的研究》的著者 Marble [2]便把 whimsicality and humour 作为一类。这大概是因为奇趣的范围很广，为方便起见，就把幽默也加了进去。一般地说，幻想的作品——即使是别有目的——不能不利用幽默，以便使文字生动有趣；所以这二者——奇趣与幽默——就往往成了一家人。这个，简直不但不能帮忙我们看明何为幽默，反倒使我更糊涂了。不过，有一点可是很清楚：就是文字要生动有趣，必须利用幽默。在这里，我们没弄清幽默是什么，可是明白幽默很重要的一个效用。假若干燥，晦涩，无趣，是文艺的致命伤；幽默便有了很大的重要；这就是它之所以成为文艺的因素之一的缘故吧。

至于反语，便和幽默有些不同了；虽然它俩还是可以联合在一处

① 英国作家，沃波尔。

② 马布尔。

的东西。反语是暗示出一种冲突。这就是说，一句中有两个相反的意思，所要说的真意却不在话内，而是暗示出来的。《史记》上载着这么回事：秦始皇要修个大园子，优旃对他说："好哇，多多搜集飞禽走兽，等敌人从东方来的时候，就叫麋鹿去挡一阵，满好！"这个话，在表面上，是顺着始皇的意思说的。可是咱们和始皇都能听出其中的真意；不管咱们怎样吧，反正始皇就没再提造园的事。优旃的话便是反语。它比幽默要轻妙冷静一些。它也能引起我们的笑，可是得明白了它的真意以后才能笑。它在文艺中，特别是小品文中，是风格轻妙，引人微笑的助成者。据会古希腊语的说：这个字原意便是"说"，以别于"意"。因此，这个字还有个较实在的用处——在文艺中描写人生的矛盾与冲突，直以此字的含意用之人生上，而不只在文字上声东击西。在悲剧中，或小说中，聪明的人每每落在自己的陷阱里，聪明反被聪明误；这个，和与此相类的矛盾，普遍被称为 Sophoclean irony ①。不过，这与幽默是没什么关系的。

现在说讽刺。讽刺必须幽默，但它比幽默厉害。它必须用极锐利的口吻说出来，给人一种极强烈的冷嘲；它不使我们痛快的笑，而是使我们淡淡的一笑，笑完因反省而面红过耳。讽刺家故意的使我们不同情于他所描写的人或事。在它的领域里，反语的应用似乎较多于幽默，因为反语也是冷静的。讽刺家的心态好似是看透了这个世界，而去极巧妙的攻击人类的短处，如《海外轩渠录》，如《镜花缘》中的一部分，都是这种心态的表现。幽默者的心是热的，讽刺家的心是冷的；因此，讽刺多是破坏的。马克·吐温（Mark Twain）可以被人形容作："粗壮，心宽，有天赋的用字之才，使我们一齐发笑。他以草原的野火与西方的泥土建设起他的真实的罗曼司，指示给我们，在一切重要之点上我

① 索福克里斯的反语。

们都是一样的。”这是个幽默者。让咱们来看看讽刺家是什么样子吧。好，看看Swift这个家伙；当他赞美自己的作品时，他这么说：“好上帝。我写那本书的时候，我是何等的一个天才呀！”在他二十六岁的时候，他希望他的诗能够：“每一行会刺，会炸，像短刃与火。”是的，幽默与讽刺二者常常在一块儿露面，不易分划开；可是，幽默者与讽刺家的心态，大体上是有很清楚的区别的。幽默者有个热心肠儿，讽刺家则时常由婉刺而进为笑骂与嘲弄。在文艺的形式上也可以看出二者的区别来：作品可以整个地叫作讽刺，一出戏或一部小说都可以在书名下注明a satire。幽默不能这样。“幽默的”至多不过是形容作品的可笑，并不足以说明内容的含意如何。“一个讽刺”—a satire—则分明是有计划的，整本大套的讥讽或嘲骂。一本讽刺的戏剧或小说，必有个道德的目的，以笑来矫正或诛伐。幽默的作品也能有道德的目的，但不必一定如此。讽刺因道德目的而必须毒辣不留情，幽默则宽泛一些，也就宽厚一些，它可以讽刺，也可以不讽刺，一高兴还可以什么也不为而只求和大家笑一场。

机智是什么呢？它是用极聪明的，极锐利的言语，来道出像格言似的东西，使人读了心跳。中国的老子庄子都有这种聪明。讽刺已经很厉害了，可到底要设法从旁面攻击，至于机智则是劈面一刀，登时见血。“圣人不死，大盗不止！”这才够味儿。不论这个道理如何，它的说法的锐敏就够使人跳起来的了。有机智的人大概是看出一条真理，便毫不含糊的写出来；幽默的人是看出可笑的事而技巧的写出来；前者纯用理智，后者则赖想象来帮忙。Chesterton[①]说：“在事物中看出一贯的，是有机智的。在事物中看出不一贯的，是个幽默者。”这样，机智的应用，自然在讽刺中比在幽默中多，因为幽默者的心态较为温厚，

① 英国小说家，诗人，切斯特顿。

而讽刺与机智则要显出个人思想的优越。

滑稽戏—farce—在中国的老话儿里应叫作“闹戏”，如《瞎子逛灯》之类。这种东西没有多少意思，不过是充分的作出可笑的局面，引人发笑。在影戏的短片中，什么把一套碟子都摔在头上，什么把汽车开进墙里去，就是这种东西。这是幽默发了疯；它抓住幽默的一点原理与技巧而充分的去发展，不管别的，只管逗笑，假若机智是感诉理智的，闹戏则仗着身体的摔打乱闹。喜剧批评生命，闹戏是故意招笑。假若幽默也可以分等的话，这是最下级的幽默。因为它要摔打乱闹的行动，所以在舞台上较易表现；在小说与诗中几乎没有什么地位。不过，在近代幽默短篇小说里往往只为逗笑，而忽略了——或根本缺乏——那“笑的哲人”的态度。这种作品使我们笑得肚痛，但是除了对读者的身体也许有点益处——笑为化食糖呀——而外，恐怕任什么也没有了。

有上面这一点粗略的分析，我们现在或者清楚一些了：反语是似是而非，借此说彼；幽默有时候也有弦外之音，但不必老这个样子。讽刺是文艺的一格，诗，戏剧，小说，都可以整篇的被呼为 a satire；幽默在态度上没有讽刺这样厉害，在文体上也不这样严整。机智是将世事人心放在 X 光线下照透，幽默则不带这种超越的态度，而似乎把人都看成兄弟，大家都有短处。闹戏是幽默的一种，但不甚高明。

拿几句话作例子，也许就更能清楚一些：

今天贴了标语，明天中国就强起来——反语。

君子国的标语：“之乎者也”——讽刺。

标语是弱者的广告——机智。

张三把“提倡国货”的标语贴在祖坟上——滑稽；再加上些贴标语时怎样摔跟头等等招笑的行动，就成了闹戏。

张三把“打倒帝国主义走狗”贴成“走狗打倒帝国主义”——幽默；

这个张三贴一天的标语也许才挣三毛小洋，贴错了当然要受罚；我们笑这种贴法，可是很可怜张三。

这几个例子摆在纸面上也许能帮助我们分别的认清它们，但在事实上是不易这样分划开的。从性质上说，机智与讽刺不易分开，讽刺也有时候要利用闹戏；至于幽默，就更难独立。从一篇文章上说，一篇幽默的文字也许利用各种方法，很难纯粹。我们简直可以把这些都包括在幽默之内，而把它们看成各种手法与情调。我们这样分析它们与其说是为从形式上分别得清楚，还不如说是为表明幽默——大概的说——有它特具的心态。

所谓幽默的心态就是一视同仁的好笑的心态。有这种心态的人虽不必是个艺术家，他还是能在行为上言语上思想上表现出这个幽默态度。这种态度是人生里很可宝贵的，因为它表现着心怀宽大。一个会笑，而且能笑自己的人，决不会为件小事而急躁怀恨。往小了说，他决不会因为自己的孩子挨了邻儿一拳，而去打邻儿的爸爸。往大了说，他决不会因为战胜政敌而去请清兵。褊狭，自是，是“四海兄弟”这个理想的大障碍；幽默专治此病。嬉皮笑脸并非幽默；和颜悦色，心宽气朗，才是幽默。一个幽默写家对于世事，如入异国观光，事事有趣。他指出世人的愚笨可怜，也指出那可爱的小古怪地点。世上最伟大的人，最有理想的人，也许正是最愚而可笑的人，吉珂德先生即一好例。幽默的写家会同情于一个满街追帽子的大胖子，也同情——因为他明白——那攻打风磨的愚人的真诚与伟大。

原载 1936 年 8 月 16 日《宇宙风》第二十三期

什么是幽默

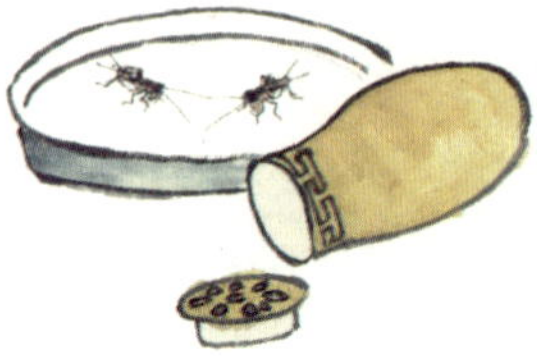

幽默是一个外国字的译音，正像“摩托”和“德谟克拉西”等等都是外国字的译音那样。

为什么只译音，不译意呢？因为不好译——我们不易找到一个非常合适的字，完全能够表现原意。假若我们一定要去找，大概只有“滑稽”还相当接近原字。但是，“滑稽”不完全相等于“幽默”。“幽默”比“滑稽”的含意更广一些，也更高超一些。“滑稽”可以只是开玩笑，而“幽默”有更高的企图。凡是只为逗人哈哈一笑，没有更深的意义的，都可以算作“滑稽”，而“幽默”则须有思想性与艺术性。

原来的那个外国字有好几个不同的意思，不必在这一一介绍。我们只说一说现在我们怎么用这个字。

英国的狄更斯、美国的马克·吐温和俄罗斯的果戈里等伟大作家都一向被称为幽默作家。他们的作品和别的伟大作品一样地憎恶虚伪、狡诈等等恶德，同情弱者，被压迫者，和受苦的人。但是，他们的爱与憎都是用幽默的笔墨写出来的——这就是说，他们写的招笑，有风趣。

我们的相声就是幽默文章的一种。它讽刺，讽刺是与幽默分不开的，因为假若正颜厉色地教训人便失去了讽刺的意味，它必须幽默地去奇袭侧击，使人先笑几声，而后细一咂摸，脸就红起来。解放前通行的相声段子，有许多只是打趣逗哏的“滑稽”，语言很庸俗，内容很空洞，只图招人一笑，没有多少教育意义和文艺味道。解放后新编的段子就不同了，它在语言上有了含蓄，在思想上多少尽到讽刺的责任，使人听了要发笑，也要去反省。这大致地也可以说明“滑稽”和“幽默”的不同。

幽默文字不是老老实实的文字，它运用智慧，聪明，与种种招笑的技巧，使人读了发笑，惊异，或啼笑皆非，受到教育。我们读一读狄更斯的，马克·吐温的，和果戈里的作品，便能够明白这个道理。听一段好的相声，也能明白些这个道理。

幽默的作家必是极会掌握语言文学的作家，他必须写得俏皮，泼辣，警辟。幽默的作家也必须有极强的观察力与想象力。因为观察力极强，所以他能把生活中一切可笑的事，互相矛盾的事，都看出来，具体地加以描画和批评。因为想象力极强，所以他能把观察到的加以夸张，使人一看就笑起来，而且永远不忘。

不论是作家与否，都可以有幽默感。所谓幽默感就是看出事物的可笑之处，而用可笑的话来解释它，或用幽默的办法解决问题。比如说，一个小孩见到一个生人，长着很大的鼻子；小孩子是不会客气的，马上叫出来：“大鼻子！”假若这位生人没有幽默感呢，也许就会不高兴，而孩子的父母也许感到难以为情。假若他有幽默感呢，他会笑着对小孩说：“就叫鼻子叔叔吧！”这不就大家一笑而解决了问题么？

幽默的作家当然会有幽默感。这倒不是说他永远以“一笑了之”

的态度应付一切。不是，他是有极强的正义感的，决不饶恕坏人坏事。不过，他也看出社会上有些心地狭隘的人，动不动就发脾气，闹情绪，其实那都是三言两语就可以解决的，用不着闹得天翻地覆。所以，幽默作家的幽默感使他既不饶恕坏人坏事，同时他的心地是宽大爽朗，会体谅人的。假若他自己有短处，他也会幽默地说出来，决不偏袒自己。

人的才能不一样，有的人会幽默，有的人不会。不会幽默的人最好不必勉强要俏，去写幽默文章。清清楚楚、老老实实的文章也能是好文章。勉强要几个字眼，企图取笑，反倒会弄巧成拙。更须注意：我们讥笑坏的品质和坏的行为，我们可绝对不许讥笑本该同情的某些缺陷。我们应该同情盲人，同情聋子或哑巴，绝对不许讥笑他们。

原载 1956 年《北京文艺》三月号

有钱最好

既是苦命人，到处都得受罪。穷大奶奶逛青岛，受洋罪；我也正受着这种洋罪。

青岛的青山绿水是给诗人预备的，我不是诗人。青岛的洋楼汽车是给阔人预备的，我有时候袋里剩三个子儿。享受既然无缘，只好放在一边，单表受罪。

第一先得说房。大小不拘，这里的房全是洋式。由房东那方面看，租钱不算多；由住房儿的看，像我这样的人，简直一月月的干给房钱赶网。吃也不算贵，喝也不算贵；房没有贱的。房既然贵，自然住不起一整所儿，所以大多数的楼房是分租，一层儿两三间房租给一家。住楼上的呢，得上下跑腿，而且费煤，因为高处得风，墙又不厚。住楼下的，自然省了脚，也较比的暖一点，可是乐不抵苦。您别看大家都洋服啷当儿的，讲到公德心，青岛的人并不比别处的文明，楼的建筑根本是二五八，楼板也就是一寸来厚，而楼上的人们，绝不会想到楼下还有人。希望大家铺地毯，未免所求过奢；能垫上点席子的便很难得。要赶上楼上有那么七八个孩子，那就蛤蟆垫桌腿儿，死挨。人家能把楼板跺得老忽闪忽闪的动，时时有塌下来的可能。自然没人能管住小孩不走不跳，可是能够作到的也没人作。比如说椅子腿上包点布，或者不准小孩拉椅子，这很容易办吧？哼，没那回事。你莫名其妙楼上怎会有那么多椅子，更不知道为什么老在那儿拉。你晓得楼上拉椅子多么难听，它钻脑子，叫人想马上自杀。可是谁叫你住楼下呢！你趁早不用去请求，住楼上的理直气壮。“哟，我们的孩子会闹？那可奇怪！拉椅子？我们的小孩可就是喜欢拉椅子玩。在楼上踢毽？可不是，小孩还能不玩？”楼上的人都这么和气而且近情近理。你只有一条路，搬家。

搬吧，都调查好了，同楼的小孩少，大人也规矩，你很喜欢。搬过去一看，院里有八条狗！青岛是带洋派的地方，讲究养狗。可是养狗的人想不起去遛遛它们，狗屎全摆在院中。狗名儿都是洋的，什么济美、什么邦走；敢情洋名的狗拉洋屎，也是臭的。济美们还叫呢，要赶上你要睡会儿觉，或是孩子刚睡着，人家才叫得凶呢。

还得搬哪！这回可好，没有小孩，也没有狗。早晨七点来钟，人家唱上了。青岛的京戏最时兴。早晨唱过了，那敢情不过是喊喊嗓子。大轴子是在晚上，胡琴拉着，生末净旦丑俱全，唱开了没头儿。唱得好听的自然不是没有哇；叫人想自杀的也不少。你怎办？还得搬家。

搬一回家，要安一回灯，挂一回帘子，洋房吗。搬一回家，要到公司报一回灯，报一回水，洋派吗。搬一回家，要损失一些东西，损失一些钱，洋罪吗。

好房子有哇，也得住得起呀。算了吧，房子够了。

带洋字的，还就是洋车好，干净，雨布风帘也齐全；可就是贵。

一上车就是一毛钱，稍微远那么一点就得两毛。我的办法是不坐。这有点对不起“车友”们，可是有什么办法呢？自行车也不好骑，净是山路，坡得要命。最好是坐汽车，其次就是走，据我看。汽车呢，连那个喇叭咱也买不起；即使勉强的买个喇叭，不是还得自己走路；干脆，咱走就是了。青岛的空气却是不坏，可惜脚受点委屈！

关于食，没有什么可说的。饭馆子不少，中菜西菜都有。价钱都可以的，所以咱还是消极抵抗，不吃。自己家里做菜倒不贵，鱼虾现成，而且新鲜。别的肉类菜蔬也说不上贵来；吃饱了拉倒，这倒好办。馋了呢？活该！

穿，随便。青年人多数穿洋服，也很有些穿得很讲究的。咱向来不讲究穿，给它个不在乎。这占了已结婚的便宜。设若正在“追求”期间，我想我也得多一份洋罪。不穿洋服，可是我天天刮胡子，这一来是耍洋派，二来表示我并不完全不怕太太。完全不怕太太的人不易发财，真的！

说到了玩，此地没有什么游艺场。此地根本是个避暑的所在，成年价在这儿住，当然是别扭。京戏偶尔来几个名角，戏价总要两三块，咱犯不上去。平日呢，老有蹦蹦戏，听着又不过瘾。电影院有几处，夏天才来好片子；冬天只是对付事儿，我假装的避宿，赶到惊蛰再去，也还不迟。公园真好，道路真好，海岸真好，遇上晴天我便去走，既不用花钱，而且接近了自然。在别方面受的罪，由这个享受补过来，这叫做穷欢喜。

总起来说，青岛不是个坏地方，官员们也真卖力气建设。所谓洋罪，是我的毛病，穷。假若我一旦发了财，我必定很喜欢这里。等着吧，反正咱不能穷一辈子。

原载 1935 年 3 月 1 日《论语》第六十期

鬼与狐

我所见过的鬼都是鼻眼俱全，带着腿儿，白天在街上蹓跶的。夜里出来活动的鬼，还未曾遇到过；不是他们的过错，而是因为我不敢走黑道儿。平均的说，我总是晚上九点后十点前睡觉，鬼们还未曾出来；一睁眼就又天亮了，据说鬼们是在鸡鸣以前回家休息的。所以我老与鬼们两不照面，向无交往。即使有时候鬼在半夜扒着窗户看看我，我向来是睡得如死狗一般，大概他们也不大好意思惊动我。据我推测，鬼的拿手戏是在吓唬人；那么，我夜间不醒，他也就没办法。就是他想一口冷气把我吹死，到底未能先使我的头发立起如刺猬的样子，他大概是不会过瘾的。

假若黑夜的鬼可以躲避，白天的鬼倒真没法儿防备。我不能白天也老睡觉。只要我一上街，总得遇上他。有时候在家中静坐，他会找上门来。夜里的鬼并不这样讨人嫌。还有呢，夜间的鬼有种种奇装异服与怪脸面，使人一见就知道鬼来了，如披散着头发，吐着舌头，走道儿没声音，和驾着阴风等等。这些特异的标帜使人先有个准备，能打呢就和他开仗，如若个子太高或样子太可怕呢，咱就给他表演个二百米或一英里竟走，虽然他也许打破我的纪录，而跑到前面去，可是到底我有个希望。白天的鬼，哼，比夜间的要厉害着多少倍，简直不知多少倍。第一，他不吐舌头，也不打旋风；他只在你不留神的时候，脚底下一绊，你准得躺下。他的样子一点也不见得比我难看，十之八九是胖胖的，一肚子鬼胎。他要能吓唬你，自然是见面就“虎”一气了；可是一般的说，他不“虎”，而是嬉皮笑脸的讨人喜欢，等你中了他的计策之后，你才觉出他比棺材板还硬还凉。他与夜鬼的分别是这样：夜鬼拿人当人待，他至多不过希望拉个替身；白日鬼根本不拿人当人，你只是他的诡计中的一个环节，你永远逃不出他的圈儿。夜鬼大概多少有点委屈，所以白脸红舌头的出出恶气，这情有可原。白日鬼什么委屈也没有，他干脆要占别人的便宜。夜鬼不讲什么道德，因为他晓得自己是鬼；白日鬼很讲道德，嘴里讲，心里是男盗女娼一应俱全。更厉害的是他比夜鬼的心眼多，他知道怎样有组织，用大家的势力摆下迷魂大阵，把他所要收拾的一一的捉进阵去。在夜鬼的历史里，很少有大头鬼、吊死鬼等等联合起来作大规模运动的。白日鬼可就两样了，他们永远有团体，有计划，使你躲开这个，躲不开那个，早晚得落在他们的手中。夜鬼因为势力孤单，他知道怎样不专凭势力，而有时也去找个清官，如包老爷之流，诉诉委屈，而从法律上雪冤报仇。白日鬼不讲这一套，世上的包老爷多数死在他们的手里，更不用说别人了。这种鬼的存在似乎专为害人，就是害不死人，也把人气死。他们什么也晓得，只是不晓得怎样不讨厌。他们的心眼很复杂，很快，很柔软——像块皮糖似的怎揉怎合适，怎方便怎去。他们没有半点火气，地道的纯阴，心凉得像块冰似的，口中叼着大吕宋烟。

这种无处无时不讨厌的鬼似乎该有个名称，我想“不知死的鬼”就很恰当。这种鬼虽具有人形，而心肺则似乎不与人心人肺的标本一样。他在顶小的利益上看出天大的甜头，在极黑暗的地方看出美，找到享乐。他吃，他唱，他交媾，他不知道死。这种玩艺们把世界弄成了鬼的世界，有地狱的黑暗，而无其严肃。

鬼之外，应当说到狐。在狐的历史里，似乎女权很高，千年白狐总是变成妖艳的小娘子——可惜就是有时候露出点小尾巴。虽然有时候狐也变成白发老翁，可是究竟是老翁，少壮的男狐精就不大听说。因此，鬼若是可怕，狐便可怕而又可喜，往往使人舍不得她。她浪漫。

因为浪漫，狐似乎有点傻气，至少比“不知死的鬼”傻多了。修炼了千年或更长的时间才能化为人形，不刻苦的继续下工夫，却偏为爱情而牺牲，以至被张天师的张手雷打个粉碎，其愚不可及也。况且所爱的往往不是有汽车高楼的痴胖子，而是风流年少的穷书生；这太不上算了，要按着世上女鬼的逻辑说。

狐的手段也不高明。对于得罪他们的人，只会给饭锅里扔把沙子，或把茶壶茶碗放在厕所里去。这种办法太幼稚，只能恼人而不叫人真怕他们。于是人们请来高僧或捉妖的老道，门前挂上符咒，老少狐仙便即刻搬家。在这一点上，狐远不及鬼，更不及白日的鬼。鬼会在半夜三更叫唤几声，就把人吓得藏在被窝里出白毛汗，至少得烧点纸钱安慰安慰冤魂。至于那白日鬼就更厉害了，他会不动声色的，跟你一块吃喝的工夫，把你送到阴间去，到了阴间你还不知道是怎回事呢。

我以为说鬼与狐的故事与文艺大概多数的是为造成一种恐怖，故意的供给一种人为的哆嗦，好使心中空洞的人有些一想就颤抖的东西——神经的冷水浴。在这个目的以外，也许还有时候含着点教训，如鬼狐的报恩等等。不论是怎样吧，写这样故事的人大概都是为避免着人事，因为人事中的阴险诡诈远非鬼所能及；鬼的能力与心计太有限了，所以鬼事倒比较的容易写一些。至于鬼狐报恩一类的事，也许是求之人世而不可得，乃转而求诸鬼狐吧。

原载1936年7月1日《论语》第九十一期

考而不死是为神

考试制度是一切制度里最好的，它能把人支使得不像人了，而把脑子严格的分成若干小块块。一块装历史，一块装化学，一块……

比如早半天考代数，下午考历史，在午饭的前后你得把脑子放在两个抽屉里，中间连一点缝子也没有才行。设若你把 X+Y 和一八二八弄到一处，或者找唐朝的指数，你的分数恐怕是要在二十上下。你要晓得，状元得来个一百分呀。得这么着：上午，你的一切得是代数，仿佛连你是黄帝的子孙，和姓字名谁，全根本不晓得。你就像刚由方程式里钻出来，全身的血脉都是 X 和 Y。赶到刚一交卷，你立刻成了历史，向来没听说过代数是什么。亚力山大，秦始皇等就是你的爱人，连他们的生日是某年某月某时都知道。代数与历史千万别联宗，也别默想二者的有无关系，你是赴考呀，赴考的期间你别自居为人，你是个会吐代数，吐历史的机器。

这样考下去，你把各样功课都吐个不大离，好了，你可以现原形了；

睡上一天一夜，醒来一切茫然，代数历史化学诸般武艺通通忘掉，你这才想起“妹妹我爱你”。这是种蛇脱皮的工作，旧皮脱尽才能自由；不然，你这条蛇不曾得到文凭，就是你爱妹妹，妹妹也不爱你，准的。

最难的是考作文。在化学与物理中间，忽然叫你“人生于世”。你的脑子本来已分成若干小块，分得四四方方，清清楚楚，忽然来了个没有准地方的东西，东扑扑个空，西扑扑个空，除了出汗没有合适的办法。你的心已冷两三天，忽然叫你拿出情绪作用，要痛快淋漓，慷慨激昂，假如题目是“爱国论”，或“天下兴亡匹夫有责”；你的心要是不跳吧，笔下便无血无泪；跳吧，下午还考物理呢。把定律们都跳出去，或是跳个乱七八糟，爱国是爱了，而定律一乱则没有人替你整理，怎办？幸而不是爱国论，是山中消夏记，心无须跳了。可是，得有诗意呀。仿佛考完代数你更文雅了似的！假如你能逃出这一关去，你便大有希望了，够分不够的，反正你死不了了。被“人生于世”憋死，不是什么稀罕的事。

说回来，考试制度还是最好的制度。被考死的自然无须用提。假若考而不死，你放胆活下去吧，这已明明告诉你，你是十世童男转身。

原载 1934 年 7 月 1 日《论语》第四十四期

婆婆话

一位友人从远道而来看我，已七八年没见面，谈起来所以非常高兴。一来二去，我问他有了几个小孩？他连连摇头，答以尚未有妻。他已三十五六，还作光棍儿，倒也有些意思；引起我的话来，大致如下：

我结婚也不算早，作新郎时已三十四岁了。为什么不肯早些办这桩事呢？最大的原因是自己挣钱不多，而负担很大，所以不愿再套上一份麻烦，作双重的马牛。人生本来是非马即牛，不管是贵是贱，谁也逃不出衣食住行，与那油盐酱醋。不过，牛马之中也有些性子刚硬的，挨了一鞭，也敢回敬一个别扭。合则留，不合则去，我不能在以劳力换金钱之外，还赔上狗事巴结人，由马牛降作走狗。这么一来，随时有卷起铺盖滚蛋的可能，也就得有些准备：积极的是储蓄俩钱，以备长期抵抗；消极的是即使挨饿，独身一个总不致灾情扩大。所以我不肯结婚。卖国贼很可以是慈父良夫，错处是只尽了家庭中的责任，而忘了社会国家。我的不婚，越想越有理。

及至过了三十而立，虽有桌椅板凳亦不敢坐，时觉四顾茫然。第一个是老母亲的劝告，虽然不明说：“为了养活我，你牺牲了自己，我是怎样的难过！”可是再说硬话实在使老人难堪；只好告诉母亲：不久即有好消息。君子一言，驷马难追；一透口话，就满城风雨。朋友们不论老少男女，立刻都觉得有作媒的资格，而且说得也确是近情近理；平日真没想到他们能如此高明。还普遍而且最动听的——不晓得他们都是从哪儿学来的这一套？——是：老光棍儿正如老姑娘。独居惯了就慢慢养成绝户脾气——万要不得的脾气！一个人，他们说，总得活泼泼的，各尽所长，快活的忙一辈子。因不婚而弄得脾气古怪，自己苦恼，大家不痛快，这是何苦？这个，的确足以打动一个三十多岁，对世事有些经验的人！即使我不希望升官发财，我也不甘成为一个老别扭鬼。

那么经济问题呢？我问他们。我以为这必能问住他们，因为他们必不会因为怕我成了老绝户而愿每月津贴我多少钱。哼，他们的话更多了。第一，两个人的花销不必比一个人多到哪里去；第二，即使多花一些，可是苦乐相抵，也不算吃亏；第三，找位能挣些钱的女子，共同合作，也许从此就富裕起来；第四，就说她不能挣钱，而且多花一些，人生本来是经验与努力，不能永远消极的防备，而当努力前进。

说到这里，他们不管我相信这些与否，马上就给我介绍女友了。仿佛是我决不会去自己找到似的。可是，他们又有文章。恋爱本无须找人帮忙，他们晓得；不过，在恋爱期间，理智往往弱于感情；一旦造成了将错就错的局面，必会将恩作怨，糟糕到底。反之，经友人介绍，旁观者清，即使未必准是半斤八两，到底是过了磅的有个准数。多一番理智的考核，便少一些感情的瞎碰。双方既都到了男大当娶，女大当聘之年，而且都愿结婚，一经介绍，必定郑重其事的为结婚而结婚，不是过过恋爱的瘾，况且结婚就是结婚；所谓同居，所谓试婚，所谓解决性欲问题，原来都是这一套。同居而不婚，也得两人吃饭，也得生儿养女；并不因为思想高明，而可以专接吻，不用吃饭！

我没了办法。你一言，我一语，说得我心中闹得慌。似乎只有结婚才能心静，别无办法。于是我就结了婚。

到如今，结婚已有五年，有了一儿一女。把五年的经验和婚前所听到的理论相证，倒也怪有个味儿。

第一该说脾气。不错，朋友们说对了：有了家，脾气确是柔和了一些。我必定得说，这是结婚的好处。打算平安的过活必须采纳对方的意见，阳纲或阴纲独振全得出毛病；男女同居，根本需要民治精神，独裁必引起革命；努力于此种革命并不足以升官发财，而打得头破血出倒颇悲壮而泄气。彼此非纳着点气儿不可，久而久之都感到精神的胜利，凡事可以和平解决，夫妇俱可成圣矣。

这个，可并不能完全打倒我在婚前的主张：独身气壮，天不怕地不怕；结婚气馁，该瞅着的就得低头。我的顾虑一点不算多此一举。结了婚，脾气确是柔和了，心气可也跟着软下来。为两个人打算，绝不会像一人吃饱天下太平那么干脆。于是该将就者便须将就，不便挺起胸来大吹浩然之气，恋爱可以自由，结婚无自由。

朋友们说对了。我也并没说错。这个，请老兄自己去判断，假如你想结婚的话。

第二该说经济。现在，如果再有人对我说，俩人花钱不见得比一人多，我一定毫不迟疑的敬他一个嘴巴子。俩人是俩人，多数加 S，钱也得随着加 S。是的，太太可以去挣钱，俩人比一人挣的多；可是花得也多呀。公园，电影场，绝不会有“太太免票”的办法，别的就不用说了。及至有了小孩，简直的就不能再有什么预算决算，小孩比皇上还会花钱。太太的事不能再作，顾了挣钱就顾不了小孩，因挣钱而把小孩养坏，照样的不上算；好，太太专看小孩，老爷专去挣钱，小孩专管花钱，不破产者鲜矣。

自然小孩会带来许多快乐，作了父母的夫妻特别的能彼此原谅，而小胖孩子又是那么天真可爱。单单的伸出一个胖手指已足使人笑上半天。可是，小胖子可别生病；一生病，爸的表，娘的戒指，全得暂入当铺，而且昼夜吃不好，睡不安，不亚于国难当前。割割扁桃腺，得一百块！幸亏正是扁桃腺，这要是整个的圆桃，说不定就得上万！以我自己说，我对儿女总算不肯溺爱，可是只就医药费一项来说，已经使我的肩背又弯了许多。有病难道不给治么？小孩真是金子堆成的。这还没提到将来的教育费——谁敢去想，闭着眼瞎混吧！

有人会说喽，结婚之后顶好不要小孩呀。不用听那一套。我看见不少了，夫妻因为没有小孩而感情越来越坏，甚至去抱来个娃娃，暂时敷衍一下。有小孩才像家庭；不然，家庭便和旅馆一样。要有小孩，还是早些有的为是。一来，妇女岁数稍大，生产就更多危险；二来，早些有子女，虽然花费很多，可是多少能早些有个打算，即便计划不能实现，究竟想有个准备；一想到将来，便想到子女，多少心中要思索一番，对于作事花钱就不能不小心。这样，夫妇自自然然的会老成一些了，要按着老法子说呢，父母养活子女，赶到子女长大便倒过头来养活父母。假如此法还能适用，那么早有小孩，更为上算。假如父亲在四十岁上才有了儿子，儿子到二十的时候，父亲已经六十了；说不定，也许活不到六十的；即使儿子应用古法，想养活父亲，而父亲已入了棺材，哪能喝酒吃饭？

这个，朋友，假若你想结婚的话，又该去思索一番。娶妻需花钱，生儿养女需花钱，负担日大，肩背日弯，好不伤心；同时，结婚有益，有子也有乐趣，即使乐不抵苦，可是生命至少不显着空虚。如何之处，统希鉴裁！

至于娶什么样的太太，问题太大，一言难尽。不过，我看出这么点来：美不是一切。太太不是图画与雕刻，可以用审美的态度去鉴赏。人的美还有品德体格的成分在内。健壮比美更重要。一位爱生病的太太不大容易使家庭快乐可爱。学问也不是顶要紧的，因为有钱可以自己立个图书馆，何必一定等太太来丰富你的或任何人的学问？据我看，结婚是关系于人生的根本问题的；即使高调很受听，可是我不能不本着良心说话，吃，喝，性欲，繁殖，在结婚问题中比什么理想与学问也更要紧。我并不是说妇人应当只管洗衣作饭抱孩子，不应读书作事。我是说，既来到婚姻问题上，既来到家庭快乐上，就趁早不必唱高调，说那些闲盘儿。这是个实际问题，是解决生命的根源上的几项问题，那么，说真实的吧，不必弄一套之乎者也。一个美的摆设，正如一个有学问的摆设，都是很好的摆设，可是未见得是位好的太太。假若你是富家翁呢，那就随便的弄什么摆设也好。不幸，你只是个普通的人，那么，一个会操持家务的太太实在是必要的。假如说吧，你娶了一位哲学博士，长得也顶美，可是一进厨房便觉恶心，夜里和你讨论康德的哲学，力主生育节制，即使有了小孩也不会抱着，你怎办？听我的话，要娶，就娶个能作贤妻良母的。尽管大家高喊打倒贤妻良母主义，你的快乐你知道。这并不完全是自私，因为一位不希望作贤妻良母的满可以不嫁而专为社会服务呀。假如一位反抗贤妻良母的而又偏偏去嫁人，嫁了人又连自己的袜子都不会或不肯洗，那才是自私呢。不想结婚，好，什么主义也可以喊；既要结婚，须承认这是个实际问题，不必弄玄虚。夫妻怎不可以谈学问呢；可是有了五个小孩，欠着五百元债，明天的房钱还没指望，要能谈学问才怪！两个帮手，彼此帮忙，是上等婚姻。

有人根本不承认家庭为合理的组织，于是结婚也就成为可笑之举。这，另有说法，不是咱们所要谈的。咱们谈的是结婚与组织家庭，那么，这套婆婆话也许有一点点用，多少的备你参考吧。

原载1936年9月5日《中流》创刊号

小 病

大病往往离死太近，一想便寒心，总以不患为是。即使承认病死比杀头活埋剥皮等死法光荣些，到底好死不如歹活着。半死不活的味道使盖世的英雄泪下如涌呀。拿死吓唬任何生物是不人道的。大病专会这么吓唬人，理当回避，假若不能扫除净尽。

可是小病便当另作一说了。山上的和尚思凡，比城里的学生要厉害许多。同样，楚霸王不害病则没得可说，一病便了不得。生活是种律动，须有光有影，有左有右，有晴有雨；滋味就含在这变而不猛的曲折里。微微暗些，然后再明起来，则暗得有趣，而明乃更明；且至明过了度，忽然烧断，如百烛电灯泡然。这个，照直了说，便是小病的作用。常患些小病是必要的。

所谓小病，是在两种小药的能力圈内，阿司匹灵与清瘟解毒丸是也。这两种药所不治的病，顶好快去请大夫，或者立下遗嘱，备下棺材，也无所不可，咱们现在讲的是自己能当大夫的“小”病。这种小病，平均每个半月犯一次就挺合适。一年四季，平均犯八次小病，大概不会再患什么重病了。自然也有爱患完小病再患大病的人，那是个人的自由，不在话下。

咱们说的这类小病很有趣。健康是幸福；生活要趣味。所以应当讲说一番：

小病可以增高个人的身份。不管一家大小是靠你吃饭，还是你白吃他们，日久天长，大家总对你冷淡。假若你是挣钱的，你越尽责，人们越挑眼，好像你是条黄狗，见谁都得连忙摆尾；一尾没摆到，即使不便明言，也暗中唾你几口。不大离的你必得病一回，必得！早晨起来，哎呀，头疼！买清瘟解毒丸去，还有阿司匹灵吗？不在乎要什么，要的是这个声势，狗的地位提高了不知多少。连懂点事的孩子也要闭眼想想了——这棵树可是倒不得呀！你在这时节可以发散发散狗的苦闷了，卫生的要术。你若是个白吃饭的，这个方法也一样灵验。特别是妈妈与老嫂子，一见你真需要阿司匹灵，她们会知道你没得到你所应得的尊敬，必能设法安慰你：去听听戏，或带着孩子们看电影去吧？她们诚意的向你商量，本来你的病是吃小药饼或看电影都可以治好的，可是你的身份高多了呢。在朋友中，社会中，光景也与此略同。

此外，小病两日而能自己治好，是种精神的胜利。人就是别投降给大夫。无论国医西医，一律招惹不得。头疼而去找西医，他因不能断症——你的病本来不算什么——一定嘱告你住院，而后详加检验，发现了你的小脚指头不是好东西，非割去不可。十天之后，头疼确是好了，可是足指剩了九个。国医文明一些，不提小脚指头这一层，而说你气虚，一开便是二十味药，他越摸不清你的脉，越多开药，意在把病吓跑。就是不找大夫。预防大病来临，时时以小病发散之，而小病自己会治，这就等于“吃了萝卜喝热茶，气得大夫满街爬！”

有宜注意者：不当害这种病时，别害。头疼，大则失去一个王位，小则能惹出是非。设个小比方：长官约你陪客，你说头疼不去，其结果有不易消化者。怎样利用小病，须在全部生活艺术中搜求出来。看清机会，而后一想象，乃由无病而有病，利莫大焉。

这个，从实际上看，社会上只有一部分人能享受，差不多是一种雅好的奢侈。可是，在一个理想国里，人人应该有这个自由与享受。自然，在理想国内也许有更好的办法；不过，什么办法也不及这个浪漫，这是小品病。

原载1934年7月5日《人间世》第七期

习惯

不管别位，以我自己说，思想是比习惯容易变动的。每读一本书，听一套议论，甚至看一回电影，都能使我的脑子转一下。脑子的转法是像螺丝钉，虽然是转，却也往前进。所以，每转一回，思想不仅变动，而且多少有点进步。记得小的时候，有一阵子很想当“黄天霸”。每逢四顾无人，便掏出瓦块或碎砖，回头轻喊：看镖！有一天，把醋瓶也这样出了手，几乎挨了顿打。这是听《五女七贞》的结果。及至后来读了托尔斯泰等人的作品，就是看杨小楼扮演的“黄天霸”，也不会再扔醋瓶了。你看，这不仅是思想老在变动，而好歹的还高了一二分呢。

习惯可不能这样。拿吸烟说吧，读什么，看什么，听什么，都吸着烟。图书馆里不准吸烟，干脆就不去。书里告诉我，吸烟有害，于是想戒烟，可是想完了，照样的点上一支。医院里陈列着“烟肺”也看见过，颇觉恐慌，我也是有肺动物啊！这点嗜好都去不掉，连肺也对不起呀，怎能成为英雄呢？！思想很高伟了；乃至吃过饭，高伟的思想又随着蓝烟上了天。有的时候确是坚决，半天儿不动些小白纸卷，而且自号为理智的人——对面是习惯的人。后来也不是怎么一股劲，连吸三支，合着并未吃亏。肺也许又黑了许多，可是心还跳着，大概一时不至于死，这很足自慰。什么都这样。按说一个自居摩登的人，总该常常携着夫人在街上走走了。我也这么想过，可是做不到。大家一看，我就毛咕，“你慢慢走着，咱们家里见吧！”把夫人落在后边，我自己迈开了大步。什么“尖头曼”“方头曼”的，不管这一套。虽然这么说，到底觉得差一点。从此再不去双双走街。

明知电影比京戏文明些，明知京戏的锣鼓专会供给头疼，可是嘉宝或红发女郎总胜不过杨小楼去。锣鼓使人头疼得舒服，仿佛是。同样，冰激凌，咖啡，青岛洗海澡，美国桔子，都使我摇头。酸梅汤，香片茶，裕德池，肥城桃，老有种知己的好感。这与提倡国货无关，而是自幼儿养成的习惯。年纪虽然不大，可是我的幼年还赶上了野蛮时代。那时候连皇上都不坐汽车，可想见那是多么野蛮了。

跳舞是多么文明的事呢，我也没份儿。人家印度青年与日本青年，在巴黎或伦敦看见跳舞，都讲究馋得咽唾沫。有一次，在艾丁堡，跳舞场拒绝印度学生进去，有几位差点上了吊。还有一次在海船上举行跳舞会，一个日本青年气得直哭，因为没人招呼他去跳。有人管这种好热闹叫作猴子的摹仿，我倒并不这么想。在我的脑子里，我看这并不成什么问题，跳不能叫印度登时独立，也不能叫日本灭亡。不跳呢，更不会就怎样了不得。可是我不跳。一个人吃饱了没事，独自跳跳，还倒怪好。叫我和位女郎来回的拉扯，无论说什么也来不得。看着就不顺眼，不用说真去跳了。这和吃冰激凌一样，我没有这个胃口。舌头一凉，马上联想到泻肚，其实心里准知道并没危险。

还有吃西餐呢。干净，有一定的分量，好消化，这些我全知道。不过吃完西餐要不补充上一碗馄饨两个烧饼，总觉得怪委屈的。吃了带血的牛肉，喝凉水，我一定跑肚。想象的作用。这就没有办法了，想象真会叫肚子山响！

对于朋友，我永远爱交老粗儿。长发的诗人，洋装的女郎，打高尔夫的男性女性，咬言咂字的学者，满跟我没缘。看不惯。老粗儿的言谈举止是咱自幼听惯看惯的。一看见长发诗人，我老是要告诉他先去理发；即使我十二分佩服他的诗才，他那些长发使我堵的慌。家兄永远到“推剃两从便”的地方去“剃”，亮堂堂的很悦目。女子也剪发，在理论上我极同意，可是看着别扭。问我女子该梳什么“头”，我也答不出，我总以为女性应留着头发。我的母亲，我的大姐，不都是世界上最好的女人么？她们都没剪发。

行难知易，有如是者。

原载 1934 年 9 月 5 日《人间世》第十一期

无题

（因为没有故事）

人是为明天活着的，因为记忆中有朝阳晓露；假若过去的早晨都似地狱那么黑暗丑恶，盼明天干吗呢？是的，记忆中也有痛苦危险，可是希望会把过去的恐怖裹上一层糖衣，像看着一出悲剧似的，苦中有些甜美。无论怎说吧，过去的一切都不可移动；实在，所以可靠；明天的渺茫全仗昨天的实在撑持着，新梦是旧事的拆洗缝补。

对了，我记得她的眼。她死了好多年了，她的眼还活着，在我的心里。这对眼睛替我看守着爱情。当我忙得忘了许多事，甚至于忘了她，这两只眼会忽然在一朵云中，或一汪水里，或一瓣花上，或一线光中，轻轻的一闪，像归燕的翅儿，只须一闪，我便感到无限的春光。我立刻就回到那梦境中，哪一件小事都凄凉，甜美，如同独自在春月下踏着落花。

这双眼所引起的一点爱火，只是极纯的一个小火苗，像心中的一点晚霞，晚霞的结晶。它可以烧明了流水远山，照明了春花秋叶，给海浪一些金光，可是它恰好的也能在我心中，照明了我的泪珠。

它们只有两个神情：一个是凝视，极短极快，可是千真万确的是凝视。只微微的一看，就看到我的灵魂，把一切都无声的告诉了给我。凝视，一点也不错，我知道她只须极短极快的一看，看的动作过去了，极快的过去了，可是，她心里看着我呢，不定看多么久呢；我到底得管这叫作凝视，不论它是多么快，多么短。一切的诗文都用不着，这一眼道尽了“爱”所会说的与所会作的。另一个是眼珠横着一移动，由微笑移动到微笑里去，在处女的尊严中笑出一点点被爱逗出的轻佻，由热情中笑出一点点无法抑止的高兴。

我没和她说过一句话，没握过一次手，见面连点头都不点。可是我的一切，她知道；她的一切，我知道。我们用不着看彼此的服装，用不着打听彼此的身世，我们一眼看到一粒珍珠，藏在彼此的心里；这一点点便是我们的一切，那些七零八碎的东西都是配搭，都无须注意。看我一眼，她低着头轻快的走过去，把一点微笑留在她身后的空气中，像太阳落后还留下一些明霞。

我们彼此躲避着，同时彼此愿马上搂抱在一处。我们轻轻的哀叹；忽然遇见了，那么凝视一下，登时欢喜起来，身上像减了分量，每一步都走得轻快有力，像要跳起来的样子。

我们极愿意说一句话，可是我们很怕交谈，说什么呢？哪一个日常的俗字能道出我们的心事呢？让我们不开口，永不开口吧！我们的对视与微笑是永生的，是完全的，其余的一切都是破碎微弱，不值得一作的。

我们分离有许多年了，她还是那么秀美，那么多情，在我的心里。她将永远不老，永远只向我一个人微笑。在我的梦中，我常常看见她，一个甜美的梦是最真实，最纯洁，最完美的。多少多少人生中的小困苦小折磨使我丧气，使我轻看生命。可是，那个微笑与眼神忽然的从哪儿飞来，我想起唯有“人面桃花相映红”差可托拟的一点心情与境界，我忘了困苦，我不再丧气，我恢复了青春；无疑的，我在她的洁白的梦中，必定还是个美少年呀。

春在燕的翅上，把春光颤得更明了一些，同样，我的青春在她的眼里，永远使我的血温暖，像土中的一颗子粒，永远想发出一个小小的绿芽。一粒小豆那么小的一点爱情，眼珠一移，嘴唇一动，日月都没有了作用，到无论什么时候，我们总是一对刚开开的春花。

不要再说什么，不要再说什么！我的烦恼也是香甜的呀，因为她那么看过我！

原载 1937 年 6 月 10 日《谈风》第十六期

图书在版编目（CIP）数据

老舍 ：人间这出戏 / 老舍著. -- 北京 ：中国致公
出版社，2021（2024.1重印）
ISBN 978-7-5145-1834-4

Ⅰ. ①老… Ⅱ. ①老… Ⅲ. ①散文集－中国－现代
Ⅳ. ①I266

中国版本图书馆CIP数据核字(2021)第033786号

老舍：人间这出戏 / 老舍 著
LAOSHE : RENJIAN ZHECHUXI

出　　版　中国致公出版社
（北京市朝阳区八里庄西里100号住邦2000大厦1号楼西区21层）
出　　品　湖北知音动漫有限公司
（武汉市东湖路179号）
发　　行　中国致公出版社（010-66121708）
作品企划　知音动漫图书·文艺坊
策划编辑　方　莹
责任编辑　方　莹　李　舟
责任校对　魏志军
装帧设计　李艺菲
责任印制　程　磊
印　　刷　湖北新开元印刷有限公司
版　　次　2021年11月第1版
印　　次　2024年1月第3次印刷
开　　本　960mm × 640mm　1/16
印　　张　14.5
字　　数　174千字
书　　号　ISBN 978-7-5145-1834-4
定　　价　45.00元